JN118174

聖なる花婿の癒やしごはん

愛情たっぷり解呪スープを召しあがれ

瀬　川　月　菜

TSUKINA SEGAWA

一迅社文庫アイリス

CONTENTS

聖なる花婿の癒やしごはん

ST. BRIDEGROOM & THE MEAL OF HEALING.

愛情たっぷり解呪スープを召しあがれ

CHARACTER

モリス
アルヴェタイン王国の騎士。
エルカローズの上司である伯爵。

オーランド
アルヴェタイン王国の騎士。
エルカローズの同僚の子爵の青年。

ユグディエル
光花神教の導師。
未来を告げる予言者として知られている。

用語説明

光花神フロゥカーリア
祈りと祝福の力を広めた女神で、多くの国で信仰されている。
カーリア女神とも呼ばれている。

魔の領域
光花神の祝福に反する力を持つ魔物が棲む領域。
独自の動植物が生息している領域でもある。

魔物
『名を持たず、愛を知らず、常に飢えている』とされている
魔の領域の存在。

魔獣
動物の姿をしている魔物。魔の領域を生息域としている。

ロジオン
金の聖者として知られている青年。
「作り手の祝福」という、作ったものに
人々を癒やす力をこめられる能力を持つ。
その癒やし効果は抜群で、料理が得意。
エルカローズ
王弟殿下付きの近衛騎士となった伯爵令嬢。一代限りの騎士爵の位も賜っている。予言により聖者と結婚することになったが、現在呪われているため、辞退したいと思っている。
ハナハクス
魔の領域で足を怪我していた魔獣。
エルカローズに懐いて、家まで
ついてきてしまった。

イラストレーション◆由貴海里

聖なる花婿の癒やしごはん　愛情たっぷり解呪スープを召しあがれ

St. Bridegroom & The meal of healing

序章　予言は世界を救うために

白いシャツはきっちり釦《ボタン》を留め、黒いズボンを編み上げ靴に押し込み、襟《えり》と袖《そで》に銀糸の刺繍《ししゅう》が施された上着を身に纏《まと》う。

緩《ゆる》く波打つ黒髪は首元で切り揃《そろ》えた女性にしては珍しい長さだが、腰に帯びた剣と剣帯の尾錠《びじょう》の百合《ゆり》の紋章を見れば、近衛騎士だからだとすぐにわかる。涼やかな目元に意志の強さを感じさせる黒い瞳、アルヴェタイン王国の大半の人がそうであるように日に焼けた肌をして、健康的に引き締まった身体《からだ》と荒れて硬くなった手が鍛錬《たんれん》の日々を物語る。

「帰宅が遅くなるときは連絡する。それでは、いってきます」

十八歳にして王弟殿下の騎士であるエルカローズ・ハイネツエールは、いつもと同じ時刻に執事のゲイリーと使用人頭のセレーラに見送られて、国王陛下より賜《たまわ》った騎士爵の館《やかた》から王城の内郭《ないかく》にある剣宮《スパーダ》に出勤する。

アルヴェタイン王国の王城には政務が行われる調和宮《アルモニア》、王族の私的な場所となる心宮《クオーレ》、女性王族のための花宮《フィオレ》を中心にいくつかの宮殿や塔を抱いている。剣宮はその一つで、現在は王弟殿下方、王の親族が執務を行う場所だ。

「おはよう、エルカローズ」

「おはようございます、モリス様」

執務室に行くと、上司であるモリス・カインツフェル伯爵が迎えてくれた。

引き継ぎ事項を確認した後は、ひたすら割り振られた仕事を処理していく。途中警備兵が時間通りに交代しているか確認したり、見回りをしたり、他所《よそ》に配属されている近衛騎士の訪問に応対したりなどしていると、あっという間に昼になった。

内庭で持参の昼食を食べるのがエルカローズの日課だ。

今日は薄切りパンに香草入りのバターを塗りつけたものとミートローフが入っていた。実家から引き抜く形で勧めてくれるようになった料理長の作るものは食べ慣れていて、安心する。

ミートローフをぱくつきながら五月の陽気にのんびりしていると、近付いてくる同僚を見つけた。赤茶色の髪と優しげな茶色の垂れ目の美男子はオーランド・ベルライト子爵だ。

「やあ、エルカローズ。お昼かい？　一緒に食べていい？」

「こんにちは、オーランド。構わない、隣にどうぞ」

オーランドが隣に座り、紙袋から黄金パン《バンドーロ》を取り出した。卵とバターで焼き上げたそれはパンとケーキの中間のような柔らかい弾力が特徴の甘味だ。彼は辛いものと甘いものどちらも喜んで食べる人であり、こう見えてかなりの大食漢でもある。

「そういえば、聞いた？　魔の領域の調査の話」

この世界は祈りと祝福の力を広めた女神によって守られてきた。名を、光花神フロゥカーリアという。親しみを込めてカーリアやカーリア女神と呼ぶのが一般的だ。

そして光花神の祝福に相反する力を持つ魔のものとそれらが棲《す》む領域の存在は、戦い争ってきた歴史もあり、長らく忌《い》まれ、遠ざけられてきた。

この国の南にある魔の領域は『黒の樹海』という。

暗色の木々が茂る様は海のようで、奥に入れば戻《もど》ってこられない果てしない森だ。多くの魔物が棲んでいるというが、彼らとその領域を脅《おびや》かさなければ姿を現すことは滅多《めった》にない。光花神教会は魔物が敵対行動を取らない限り争わないことを宣言し、両者は不可侵であるものとして秩序を保ってきたため、アルヴェタイン王国もそれに倣《なら》う姿勢を取っている。

独自の動植物が生息している魔の領域は時に人々を助ける妙薬や発見に繋《つな》がることもあれば、未知の脅威として襲いかかってくることもある。この国ではかつて王族の毒殺に用いられたのがそこの植物だった歴史から、森の浅いところまでだが定期的に調査が行われていた。

「ああ。モリス様から聞いた。見回りと採集らしいから心配しすぎなくてよさそうだな。じきに光花祭だから魔物も大人《おとな》しくしているんじゃないか」

五月末日、光花神教の大礼拝日は光花神を信仰する国々の多くが祝祭を催《もよお》す。

神教庁の置かれる神都でのそれが最も有名だ。北部の片隅に位置し、国土は神都のみという宗教国、ペレンナ。聖者像の並ぶ大広場にて大司教や聖者たちによる祝祷《しゅくとう》が行われる。

その結果光花神の力が強まり、しばらくは魔物の力が弱まると言い伝えられていた。

「そうなることを心から願うよ。君ったら自分を顧《かえり》みず突っ込んでいくから心配で心配で」

「騎士たる者臆《おく》してはならない、臆するすなわち敗北。そうだろう？」

「そういうところなんだよなあ……」

騎士の家に生まれ、特に祖父から薫陶《くんとう》を受けたエルカローズは騎士となるべく育った娘だ。病弱な兄は騎士になれないと考えた父と祖父によって鍛えられ、性別による体格や膂力《りょりょく》の差はあれど御前試合でそれなりの順位に上り詰める技量を備えている。ただそのため娘の結婚が危ういと感じた母親によって近衛騎士団に推薦され、配属されてしまったのだ。

苦悩するオーランドの気持ちはわかる。優しい彼は自分よりも年下の娘が傷を作るのに胸を痛めているのだ。

「君の志も勇敢さも信頼するところなんだけど、年頃の女性として大事にされた方がいいんじゃないかって思うんだよ。結婚したときに傷物扱いする親類縁者が現れないとも限らないしさ」

「傷だらけで痣や打ち身をこしらえるのは騎士として当たり前のこと。それに騎士になると決めたときに結婚する気はなくなったし実際縁談も来ていないから、心配しなくていい」

「わからないよ？　ある日突然愛を告白されたり求婚されたりするかもしれないでしょ」

「美人でもなければ、性格がいいわけでもない。可愛《かわい》げもないし、人を楽しませる会話もできないし、気も利《き》かない。伯爵家出身だが持参金はそれほど期待できない。令嬢教育は一通り受けたもののドレスより騎士服が似合って、肌は日に焼けていて、得意なのは剣と乗馬。よく食べるし趣味は……ううん、自分で言うのも何だが好かれる要素が一つもない……」

事実ばかりなので悲しくはないが、改めて男性に好意を向けられない理由がわかる。

恋愛感情のないまま夫婦となるのが大半である世情だが、騎士の教育を受けたエルカローズには愛する人を自ら選んで勝ち取るという価値観の方が馴染《なじ》み深かった。粛々《しゅくしゅく》と従う女性たちとは正反対の人間を好んで選ぶ者はよっぽどそうしなければならない『訳あり』だろう。

「そんなに悪く言わなくていいと思うけどなあ。僕は君のことが好きだよ、エルカローズ」

微笑《ほほえ》みとともに言われ、エルカローズの顔も綻《ほころ》んだ。

「ありがとう。私もあなたを良き友だと思うよ。そう思える友人を得られて嬉《うれ》しい」

オーランドは喜びつつも複雑そうに息を吐いた。

「でもさ、恋する気持ちは止められないものだよ。突然とてつもなく好きな人ができるかも」

「私みたいなのが好きになっても嫌な気持ちにさせるだけだ」

その瞬間オーランドは傷付いた顔をした。

何も考えず口にした言葉を取り消す術《すべ》がなく、エルカローズは曖昧《あいまい》な笑みを浮かべて「……可能性がまったくないわけではないけど」と言って誤魔化《ごまか》した。

オーランドは、エルカローズが自分の好意は迷惑なもの、相手を不快にさせると言い切ったのが悲しかったのだろう。

（でも事実だからな……子どもの頃も訓練生時代も私と噂《うわさ》になるとみんな必死に否定して、中には『迷惑だから二度と近付くな』と言った人もいたから）

人として好もしいと思ったことは何度かあるけれど、そういう過去があったせいか恋愛感情を伴って「好きになる」のがどういうことなのかよくわからなくなってしまった。

けれど心が動いたと感じたことはないから、きっと恋をしたことがないのだ。

それでいい。伯爵家は兄が継ぐし、幸いにも結婚を強要する親族はいないから、エルカローズはハイネツェール家の象徴である騎士として生きていく。そしていずれ生まれる兄の子を騎士にして役目を引き継ぐ。令嬢として生きるよりもずっと性に合っていると思う。

そんな自分を理解してくれる人たちがいれば不幸せな人生にはならない。対等な同僚や部下として接してくれるオーランドやモリスを思いつつ、それでも何かが欠けているような気がしてしまい、ため息を吐いてしまうのだった。

毎日の業務の傍《かたわ》ら、黒の樹海へ調査に赴《おもむ》くための準備や光花祭に備えて動き回っていると、あっという間に五月末日となった。

街はすっかり祭り一色だがエルカローズは出勤だ。既婚者であるモリスは仲睦《むつ》まじい奥方と過ごしたいだろうし、オーランドは顔が広いので同期と誘い合わせて街に繰り出すだろう。館の使用人たちにも休暇《きゅうか》代わりに祭りに行っていいと言ってある。

祭りの日に仕事。――別に寂しいことではない、と思う辺りが可愛げのなさだろうか。

王族の身辺警護の仕事に励み、祝い菓子を受け取ってその日は帰宅した。

翌日は休みだ。

休日でもエルカローズがドレスを着ることはあまりない。動き回るのに向かないため、だいたいはゆったりしたシャツに細身のズボンを身に着けて過ごしている。

朝から鍛錬《たんれん》をして、厩番《うまやばん》と話しながら愛馬の世話をした後は菜園に向かう。

ハイネツエール館の庭のほとんどは庭師の手によるものだが、片隅にある菜園はエルカローズの趣味の場所だ。

緑の島、赤い島、木の島、花が咲く島。庭という海に大小の島が浮かんでいるそれが菜園だ。香草は香草だけ、タマネギ、ニンジン、カブ、エンドウ豆といった野菜類もそれぞれ一つずつ栽培地を作ってある。じきに旬を迎えるものは花を、収穫時期のものは実を付けていた。品種や時期によって植物に高低差が生まれ、果樹が一際大きいこともあってどこを見ても変化がある。石を運んで積んだり、土を持ってきて地面を均《なら》したりと丹精を込めて作ったものの、いまのところ喜んでくれるのは庭師と、収穫物で食事を作ってくれる厨房《ちゅうぼう》の者たちくらいだ。

新しく耕したところにカボチャの種を蒔《ま》き、水をやる。順調に育てば秋の味覚として収穫できることだろう。

「え、エルカローズ様！　ご主人様！」

熊のような巨体を揺らし、つぶらな目を大きく見開いた執事が走ってくる。

「どうした、ゲイリー。何かあったのか？」

「急いで館にお戻りください！　し、使者、王宮から使者が……」

エルカローズはさっと表情を変えた。何かあったのだ。館に戻ろうとするとそちらから使用人頭のセレーラも焦《こ》げ茶のお仕着せと前掛けの裾《すそ》を乱し、栗鼠《りす》のように走ってきた。

「ご主人様、どうぞお召し替えを」

「着替えている時間が惜しい。使者はどこだ？　すぐに会う」

そう言って玄関広間に飛び込むと、そこは異様な空気に包まれていた。

佇《たたず》んでいたのは誰あろう、眩《まばゆ》い金のドレス姿の王妃陛下なのだった。近衛騎士に守られる中には黄金の祭服を纏った王城内の教会の司教の姿もある。

誰もが名代にふさわしい姿をしているので、このときほど身なりに無精した自分を忌まわしく思ったことはなかったが、やむを得ない。跪《ひざまず》いて騎士の礼を取ると、王妃陛下の柔らかな声が告げた。

「エルカローズ・ハイネツェール。国王陛下の名代として、光花神フロゥカーリアの導師ユグディエルの予言があったことを伝えに来ました」

（どういうことだろう？　予言者様《ユグディエル》の予言が何故私に関わるんだ？）

光花神の奉仕者、未来を告げる白い髪と赤い瞳の予言者『ユグディエル』の存在は信徒なら誰でも知っている。失踪《しっそう》した王子を見出《みいだ》して王位に就《つ》けたり、『金』の聖者を見出したりといまもなお伝説を紡ぐ人物なのだ。予言の規模は小さなものから一国の命運を左右するものまであるが、光花祭では大きな予言が布告されると聞く。

昨日《さくじつ》はその光花祭だった——では、とてつもない予言があったのだ。

顔色を変えたエルカローズの前に司教が進み出て、書状を読み上げた。

「光花神教の導師ユグディエルの予言を伝える」

戦争か。天災か。病が流行《はや》るのか。エルカローズでなければならないのが解《げ》せないが予言が下ったのなら避けようのない何かが起こるのだろう。

(どちらにせよ私にできることがあるなら、この身を尽くすまでのこと)

「『この世界は遠からず迫り来る魔のものたちの領域となり、光花神の慈悲が届かぬ暗黒と化す。ゆえに光花神は申された。『金』の聖者ロジオンとアルヴェタイン王国の騎士エルカローズ・ハイネツエール、この男女の婚姻こそ、世界を救済する唯一の手段である』」

何をしなければならないか。

沈黙の中、エルカローズはその姿勢のままで考え、やがて「……ん?」と首を捻《ひね》った。

「……あの、質問をお許しください。婚姻、と仰《おっしゃ》いましたか?」

「いかにも。あなたと『金』の聖者の婚姻によって世界は救われます」

いやいやご冗談を。

……とは、とても言える雰囲気ではなかった。国王陛下ならびに王弟殿下は気さくでおかしみ《ユーモア》を理解する方々だが、こんなとんでもない嘘《うそ》に王妃陛下まで担《かつ》ぎ出す真似はなさらない。

だが、だからといってどうすればいいのか、さっぱりわからなかった。

今後のことや『金』の聖者を迎える準備等の話し合いは明日行うと告げて、使者たちは去って行った。

エルカローズに残されたのは神教庁からの書状だ。文面を何度なぞっても現実味がなく、権威そのものの末尾にあるものも声に出して確認してしまったほどだった。

「……これが大司教様の印章と予言者様の署名か……」

「ご、ご主人様……」

恐る恐るといった声に振り向くと、ゲイリーやセレーラのほか館中の使用人たちがこちらを窺《うかが》っている。なんとも言いがたい様子で佇む彼らを前に、主人であるエルカローズが不安がっている姿を見せるわけにはいかない。

「ええと……結婚することになった、ようだ、な?」

努力してみたものの結局あやふやな言い方になってしまった。

こうして、エルカローズの結婚にまつわる試練の日々は幕を開けたのだった。

第1章　聖者のスープは癒やしのために

――その夏はひどく暑かったそうだ。

戦争と天災が続いた、後《のち》に『試練の三年間』と呼ばれる最後の年、孤児となって彷徨《さまよ》っていた少年は、空腹のあまりとある耕作地で盗みを働いた。腐り落ちたトウモロコシを拾ったことを罪と言えば、だけれど。

だが彼は光花神の意志を感じ、罪を償うべく耕作地の持ち主のところへ戻《もど》って許しを請《こ》うた。するとその無垢《むく》な心を光花神は祝福し、腐った穀物はいまもいだばかりのような金色の瑞々《みずみず》しいそれに変わった。そして予言者を遣《つか》わし、こう述べさせた。

『お前は十七の年に、『金』の称号を持つ聖者としてこの世を守護する者の一人に列せられる』

このようにして見出《みいだ》された少年はロジオンという名を授かり、長く厳しい修練の果てにその予言を見事成就させた。

知識と教養を身に付け、数カ国語を習得して光花神の教えの布教に尽力した彼の最大の功績は『試練の三年間』で傷付いた世と人々のための復興活動だ。自ら借金をして種苗《しゅびょう》を買い、家や仕事を失った人々とともに耕作を行い、それを元手に孤児たちの施設などの環境を整え、医師たちを支援した。その活動はいまも志を同じくする者たちによって続けられているという。

そんな『金』の聖者ロジオンは現在二十七歳。聞けば聞くほど、人として完璧《かんぺき》だ。肖像画が出回っていると聞いて手に入れたが、一目見た途端《とたん》後悔してしまった。

「まあ！　なんて……」

同じものを見て絶句したセレーラの反応がすべてを物語っていると思う。

白絹に金の麦穂の意匠《いしょう》を施した聖衣を纏《まと》う彼は、祝福そのもののような金の巻き毛と宝石のように美しい緑の瞳の持ち主らしい。神秘的なほどに整った顔立ちで、その微笑《ほほえ》みは優しいが決して弱々しいわけではなく、見る者を安心させるような大らかさを感じさせる。

肖像画だがこんなに美しい男性を初めて見たし、絵に残したかった人の気持ちもわかる。

そんな彼がエルカローズの夫になるという。しかもそのために聖者の位を捨てて還俗《げんぞく》する。

なんで、どうして、と聞いて回りたい衝動は頻繁《ひんぱん》に起こったし、何かの間違いではないかと神教会関係者と話し合う度《たび》に尋《たず》ねてしまいそうになった。けれど花婿《はなむこ》を迎えるためにあらゆる人間が準備を整え、館《やかた》の者たちまで調度を整えたり服を準備したりするのを見ていると、無駄《むだ》な問いで時間を浪費させるわけにいかず必死でそれについていくほかなかった。

国民は元聖者がやってくると大歓迎の様子で、結婚相手のエルカローズがどんな人間か探ろうとする者が後を絶たなかった。街に出ても仕事に行っても見知らぬ人に声をかけられたし、中にはロジオンの美貌を知っていてエルカローズと比較して嘲笑《ちょうしょう》したり、彼に支払われるという神教会からの年金について嫉妬《しっと》めいた言葉をかけてきたりする輩《やから》もいた。

何故美形だったりお金を持っていたりするだけで幸せな人間だと思うのだろう。その配偶者となるエルカローズもまたそうであるかのように考える人が多すぎる。

予言によってこれまでのすべてを失うことになったロジオンが幸福だと思うなら、いますぐ出家して彼と同じだけの功績を上げてみろと言いたくなった。

「神教会を出て異国の私などと結婚するのだから、せめてこんな悪意にさらされることのないよう、しっかりお守りしないと」

納得はできないし受け入れられたわけでもないけれど、仕方がない。腹をくくろう。

そう思ってその日を待っていたのに。

まさかあんなことになるとは夢にも思わなかったのだ……――。


世界が揺れている。否、揺れているのはエルカローズの意識だ。

熱っぽい瞼《まぶた》を押し上げると薄暗い天井があった。起きたばかりで目が利《き》かないが、エルカローズの気配を感じた蜘蛛《くも》が素早く逃げ去った気がする。

埃《ほこり》とかび臭さにはもうすっかり慣れたし、そもそもあまり鼻も利かなくなっているので気にもならないが、ただ発熱で身体《からだ》がだるく、汗のべたつきが気持ち悪い。

(夢を見ていたのか……)

咳《せき》が出た。こうなるとしばらく咳き込んでしまう。ひどければ嘔吐《おうと》するのだが幸いにも胃の中は空っぽだ。食欲もないので最後に食べたのがいつかもわからないし、そもそもいまは何月何日の朝なのか夜なのか。

記憶が確かならあの予言から数ヶ月が経《た》った秋。ロジオンを迎えるための晩餐《ばんさん》について話したのが最後だ。寝込んでいる間、準備は滞《とどこお》りなく整っているのだろうか。

(確認しないと……聖者様が到着する日なら寝込んでいられない)

這《は》いずるように寝台から抜け出し、頭痛を堪《こら》えて部屋を出る。人の出入りがないので掃《は》き掃除もしておらずすぐ砂と埃に塗《まみ》れてしまう。一度身を清めた方が良さそうだ。

(なるべく、音を立てないように……でないと『あれ』が来る……)

ここで体力を使い果たしてしまいそうだったが、それよりも先に助けが来た。ゲイリーがこちらを見つけて駆け寄ってくる。彼が伴っているのは、力仕事などのために動きやすい作業着に身を包み、前髪を綺麗《きれい》に撫《な》で付けている従僕の青年ガルトンだ。

「ご主人様、大丈夫ですか!?」

「ゲイリー……今日は、何日……?　聖者様は……」

助け起こされながら尋ねると、ゲイリーは厳しい顔つきになった。

「聖者様は本日ご到着される予定です」

危なかった。よく目が覚めたものだと安堵《あんど》し、動こうとするが、ゲイリーに押し止《とど》められる。

「しかしご挨拶《あいさつ》は後日になさった方がよろしいかと存じます。お迎えする準備はわたくしどもの方で滞りなく進めておりますので、どうぞ安心してお休みください」

「そういうわけには、いかない……お出迎えを……結婚できないことを説明しないと……」

「ゲイリーさん、止まっているのはよくない。『あいつ』に見つかる」

周囲を警戒していたガルトンが太い眉をひそめて言うので、ゲイリーは仕方なさそうに首を振り、二人がかりでエルカローズを本館に連れ帰った。

セレーラたち使用人の女性三人に手伝ってもらって湯に入るが、さっぱりすると同時に身体の重さも倍になった。訓練生時代に夜明けまで走り込まされたときのように心臓が重苦しい。

だが時計の針が進んでいるのを見れば休んでいる暇がないことは明白だ。早くしなければロジオンが到着してしまう。

側付《そばづ》きのミオンに、鏡越しに尋ねた。

「今日は誰も『あの子』を見ていないんだな？」

黒髪を緩《ゆる》く編み下ろしているミオンはエルカローズの髪を自分の髪以上に丁寧《ていねい》に梳《くしけず》っている。

「はい。姿が見えないとガルトンたちが言っていました。私も見ておりません」

そう、と答えてこめかみを押さえる。ひどい頭痛は体調不良のせいでもあり、心因的なものが理由でもある。

館中に花を飾ったし、私室になる部屋は整えたし、食堂の準備も終わっている。元聖職者であるロジオンを案じて野菜中心の料理にしてもらった。主となるのは旬であるカボチャで、ちょうど菜園のものが収穫時期だ。食べ頃のものを見繕《みつくろ》って持っていくと料理長に約束していたのをすっかり忘れていたから、早めに菜園に行かないと……。

止めどなく考え事や心配事が浮かぶが、ともかく今日だけは邪魔されないよう祈るしかない。

(こんなに万全の態勢でたった一つ——魔物が一頭いるだけで聖者様の婿入りをお断りしなければならなくなるとは)

いま、この館にはとある事情で魔物が暮らしている。

本来ならすぐに神教会に事情を説明するべきところを、連絡が不可能なほどエルカローズと周囲の人間が大変な目に遭《あ》っている間にロジオンは還俗を果たしてしまったのだ。

「それは大変なことでしたね。しかし結婚が予言されているからには大した障害にはならぬでしょう」——というのは王城の司教の言葉。

「心配せずともあなた方の結婚は予言されているのですから」——というのはその司教のそばにいた修道院長でもある修道司祭の言葉。

「そういう状況であるなら、本人に直接説明して納得してもらうのが近道ではないかな」——というのは主たる王弟殿下のお言葉。

苦悩の果てにエルカローズは決断した。誰もが予言を信じて魔物の危険性を問題にしないのなら、彼の激怒も嘆きもすべて受け止める覚悟で説明するしかない。

そしてついにやってきた今日。

しかしまだ当の魔物を一度も見ていない。なるべくならロジオンと顔を合わせることがないよう、叶《かな》うなら事情を説明して結婚を破談にするまで、大人《おとな》しくしていてほしい。

(聖者様の反応が心配だがきっと最後には納得してくれる。いまの私と結婚したいとは絶対に思わないはずだ)

すべてはロジオンの身の安全と幸せのため。魔物の脅威と呪われた花嫁によって、彼が何一つ損《そこ》なわれることのないように。

到着の知らせは、そうやって支度を整えているときにもたらされた。

すぐさま駆けつけたかったが目眩《めまい》がするのでゆっくりと、なるべく早足で階下に向かう。

玄関広間から聞き慣れない男性の声が響いてきて、途端に鼓動が早まった。

今日のエルカローズは男装ではない。十八の娘らしい生成《きなり》と草色という色合いのドレスに、金と銀と翡翠《ひすい》色の糸で蔓草《つるくさ》模様を描いた胴着を合わせ、靴は金の薔薇《ばら》を意匠にした踵《かかと》の高いものにしている。梳った髪には同じく金の薔薇の髪飾りを耳元に一つ。色の合わせで歓迎の意を示すのだとミオンが考えてくれたものだ。

多少見られるものになったけれど、あの肖像画の男性に会うと思うと、あまりに釣り合わなくていますぐ逃げ帰りたくなってしまう。

「恥ずかしながら私は世俗に疎《うと》いので子どもを育てるつもりで教えてください。皆さんの主人の配偶者に足るものを私は何も持っていないのです」

聞こえてきた声が穏やかながらもかすかな不安を帯びていて、はっとなった。

どれほど徳の高い聖職者だったとしても、異国の地で見知らぬ女と結婚して暮らすなど心配にならない方がおかしい。この館で性根の悪い人間はいないだろうけれど、彼の不安を取り除く使命がエルカローズにはある。

深呼吸をして玄関広間に続く階段を降りる。

最初に目に入ったのは陽《ひ》の光を受ける黄金の髪だ。

思ったよりも背が高い。大柄なゲイリーに見劣りしないくらい、肩幅は広く首は太く、身体つきもしっかりしていた。心地よい声を響かせていた彼が、こつりと鳴った靴音を聞きつけて顔を向けると、緑の瞳がエルカローズを映す。

肖像画ではわからなかったロジオンの普段の姿――穏やかなのに明るく楽しげで生《い》き生《い》きと瞳をきらめかせている様子に、温かな親しみを覚えた。静謐《せいひつ》を愛する厳しい性格の人だったらどうしようかと思っていたが、こちらを見る表情には子どものような好奇心が満ち満ちている。

そこに立つ相手を注視してしまったのはどうやら彼も同じだったらしい。

エルカローズと時を同じくして彼は我に返った。頬がわずかに紅潮し、交差する瞳が光を宿すのを見て、あ、と思う。

（いまお互いに『この人なら大丈夫そうだ』と思った）

第一印象は合格だったのだろう。こちらに対する嫌悪が見られなかったことに心底安心する。

だがそれがいけなかったらしい。

「……っく」

気が緩んだ途端、凄《すさ》まじい目眩と吐き気が押し寄せ、胸を押さえる。

ふと、温かい手のひらを背中に感じた。

心地よさに息を吐いたのもつかの間、美しい顔面が間近にあって呼吸が止まった。

「大丈夫ですか？」

さすがは聖者。その言葉と微笑みを向けられると、安心させられるし励まされる。

だがエルカローズの心臓は衝撃を受けて息も絶え絶えだ。

「ご主人様！　無理をなさらないようにとあれほど……！」

「わ、私はいい、出迎えをしない方が問題だ。――ロジオン様でいらっしゃいますか？」

駆け寄るゲイリーを押し留め、しゃんと背筋を伸ばす。顔色はいいとは言えないだろうが化粧のおかげで多少隠れているはずだ。

「エルカローズ・ハイネツェールと申します。アルヴェタイン王国の騎士として、王弟殿下にお仕えしております」

ロジオンは少し不思議そうな顔をしたが、エルカローズがしゃんと胸を張っていると、しばらくして微笑ましいものを見る目になった。

「光が満ちるこの日の出会いに感謝を。はじめまして、私の花《ミア・ローザ》。ロジオンと申します。本日からお世話になります」

「へぁ……っ!?」

光花神の信徒は愛《いと》しい人やかけがえのないものをよく花になぞらえる。

柔らかな微笑みとともに美貌の男性に呼びかけられたエルカローズは、自制も虚《むな》しく妙な鳴き声を上げてしまった。首から顔にかけてどんどん熱くなっていく。

「私のことはロジオンと呼んでください。様付けは必要ありません。いまは信徒の一人に過ぎませんから。私の花《ミア・ローザ》は……」

「お、恐れながら！」

突然の大声にロジオンの微笑みは驚き顔に変わる。

失態を悟ってエルカローズは慌《あわ》てて声量を落とした。

「も、申し訳ありません！　その……私たちはまだ結婚したわけではないので、その呼び方は改めた方がいいかと思います……」

「遠からず結婚するので慣れておいた方がいいと思ったのですが、ご不快でしたか？」

首を傾《かし》げる仕草もまた、優しい。

素直に答えを口にしていいものか、エルカローズは迷った。

けれどこちらを案じる彼を悲しませたくない。気恥ずかしさを抑えた硬い声で答えた。

「……いいえ、不快ではありませんでした」

「なら、私が先走りすぎたのですね。驚かせてしまって申し訳ありません。いまからはお名前でお呼びすればいいでしょうか？」

「そちらの方がありがたいです。恐れ入ります」

高貴な人にするように頭を下げた。ロジオンは『元』がつくといっても聖者に列せられた人だ。その善行も耳にしている。彼の丁寧すぎる態度を改めてもらって、こちらが礼儀正しくしすぎるくらいでちょうどいいはずだ。

丁寧な言葉を止《や》めてもらえないか、提案しようとしたときロジオンが言った。

「早速ですが、エルカローズ様。重ね重ねお願いしてしまうのですが、私に敬語を使わないでください。これではまるで私が王侯貴族のようです」

それはこちらの台詞《せりふ》だ、と言いたいのをぐっと飲み込む。

「私に『様』付けは必要ありませんが、あなたは」

「聖者だったのは以前の話です。いまはただの、いずれあなたの伴侶《はんりょ》になるロジオンです」

（ちょっと生々しくないかな⁉）

伴侶って。伴侶って、とその先について考えるのを心が全力で拒否していた。なのにどうしようもなく熱が上がっていく。

「……努力しますが、言い回しが丁寧になってしまうのは見逃してもらえませんか」

「もちろんです。私もこの話し方を変えるのは難しいですから、おあいこですね」

ほっとしたが、ロジオンの満足げな様子に引っかかりを覚えた。

気のせいだろうか。なんだか少し、遊ばれたような。

熱が上がったこともあって長々と考えてしまいかけたが、振り払って館の奥へ促《うなが》す。

「よろしければ、お茶をご一緒していただけませんか？　厨房《ちゅうぼう》の者たちが張り切って茶菓子を色々準備しているんです。そこでその、」

突然世界が暗くなる。

「お話し、しなければならな、い、こと………」

「危ない！」

自分の立っている場所がわからなくなった。

ふらついたエルカローズを受け止めたロジオンは「やっぱり」と気遣わしげに眉をひそめた。

「支えたときにおやと思ったのです。エルカローズ、熱がありますね？　無理をしないで、」

ばん！

言葉を遮《さえぎ》る大音で玄関扉が開いた。

なんとか目を上げて苦しい息の中で目にしたのは、灰色の毛が絡《から》まった巨大な――。

「――空飛ぶ雑巾？」

ぽかん、とロジオンが言った瞬間。

宙を舞った子熊ほどあるそれは見た目通りの質量でエルカローズにぶつかった。

「うぅっ!?」

その勢いで正面から倒れた。身体を起こそうとすると「のしっ」とも「ふみっ」ともつかない感触が背中を刺激する。上に乗ったものが楽しげにぐるぐる回転しているのだ。

顔面からひれ伏した状態でエルカローズは苦しく呻《うめ》いた。

「申し訳、ありませ……ぐっ」

「いえ謝る必要は……あの、それは生き物……で、いい、のでしょう、か？」

「う――……！」

低く唸《うな》る声は犬や狼《おおかみ》などの獣のものだが、ロジオンの言う通り、一見してそれは房糸《ふさいと》がもつれにもつれた雑巾にしか見えない。

（ああやっぱりだめだったか）

エルカローズの周囲の誰に対してもこうなのだ。聖者であった彼ならもしかしたら、と一縷《いちる》の望みを抱《いだ》いていたところもあったのだが儚《はかな》い夢だったらしい。

「ごっご主人様っ！　これ、これっ！　あっちへいけ、この！」

正真正銘の柄の先端に房雑巾のついた掃除道具を手に、ゲイリーが獣を追い払おうとする。

獣はエルカローズの背中から離れたもののうろうろと周りを威嚇《いかく》していた。

いまなら逃げられるが、全身から力が抜けてしまって動けない。

(冷たい床が気持ちいい……)

ゲイリーが掃除道具を振り回し、他の使用人たちが青ざめて後方に退避した次の瞬間。

ぱん！　と大きく手を打った一瞬で目を惹《ひ》いて、ロジオンが言った。

「ゲイリー、そのままその子を引きつけてください。誰か、エルカローズの部屋を整えてくれますか？」

その言葉にセレーラは集まってきていた使用人たちの何人かを連れて行き、ゲイリーと残った数人が道具を振ったり鳴り物にしたりして獣を追い払おうとする。それに負けぬ声量で獣は牙を剥《む》き出して吠《ほ》えかかるが、その間にロジオンがエルカローズをさっと抱き上げた。

それにときめける気力がない。いまにも落ちそうな意識への刺激としては十分なのだけれど。

「部屋まで案内してください」

「こちらです！」

抱えられたまま館を出た。今朝目覚めたあの部屋に向かうのだ。

「エルカローズの部屋は二階ではないのですか？」

「実は、ご主人様はいまこちらで寝泊りしておりまして……」

言い交わしていたロジオンがその建物を見て立ち尽くす。

申し訳ないのか恥ずかしいのか、朦朧《もうろう》としていてエルカローズにはよくわからなかった。

裏庭の一角に建てられた小屋だ。庭師の作業小屋を兼ねたような古家は、粗末だが生活できるように整えられている。入ってすぐは居間で、他は左右に二部屋あるだけ、生活に必要な最低限の家具がある。炊事場などの水回りを使うには一度外に出て裏に回らなければならず、病人が休むには少々不便なところだった。

「うわっ!?」

人垣を押しのけて獣が飛び込んできた。エルカローズが寝かされるのを見守っていた使用人たちは、一斉に驚きの声を上げて飛び退《の》き、あるいは家から逃げ出していく。

その後はいつもの流れだ。寝台に飛び乗った獣はエルカローズの上に居場所を作ってご満悦。敷布や毛布は汚れでぐちゃぐちゃになり、使用人たちはまたかとため息をつく。獣の全体重をかけられたエルカローズはこのまま意識を落として苦しいあまりに悪夢を見るのだ。

「……もしかしてその子、怪我《けが》をしていませんか？」

ロジオンの指摘を聞いてエルカローズは驚いた。確かに右足に深い傷があるのだ。

(よく気付いたな……汚れで見えにくくなっているだろうに)

「怪我なんて俺たちには関係ないです。みんな迷惑してるんですから。こいつのせいでご主人様は眠れなくてふらふら、食べても戻す、高熱で動けず仕事に行けないとかで散々なんです」

「しっ、礼な、がほっ！　ごほ、ごほっ！」

ガルトンの吐き捨てるような言い方を諫《いさ》めようとしたが、咳が出て叶わない。

「では穏便に立ち去ってもらうのが誰にとっても一番ですね。それなら私の出番です。ここでできることとなると……そうですね、食事にしましょう。炊事場はすぐに使えますか?」

「炊事場、ですか? 食事って……」

こんなときに? と全員の顔に書いてある。

辛《つら》い。エルカローズは顔を歪《ゆが》めた。使用人の態度を諫められないみっともない主人だ。ほのぼのと両手を合わせるロジオンが不快そうにしていないことがますます救いがたく感じさせる。

「『祝福』の力のことは知っていますか?」

「聖職者が唱えるあれですか?」

「それは幸福を願う言葉としての祝福ですね」

ロジオンは一転、教師の口調になった。

「『祝福』の力とは女神より与えられし特別な能力のことです。触れることで傷を癒やす聖者や歌の力で植物を成長させる聖者の話を聞いたことはありませんか?」

元『金』の聖者曰《いわ》く——。

女神の恩寵《おんちょう》、それが『祝福』の力だ。わかりやすく言うと、良いことを引き寄せたり起こしたりするものである。

効果は一つの事柄に特化する場合が多く、事故を防ぐ、安産に導く、勝負運を引き上げるといった祈りや、傷を治癒したり恋愛を成就させたりなど強い効力を発揮するものもある。恋愛、結婚、出産絡みの祝福を持つ聖者はカーリアのごとく崇《あが》められることさえあった。むしろこの力があるから聖者になると言っても過言ではない。

（いい声だな……）

黙って聞いていたエルカローズはぼんやりとそんな感想を抱いた。聖書を朗読したり聖歌を歌ったりして鍛えられたものなのだろう。

「私の力は『作り手の祝福』。作るものに思いを込める祝福です。健康を祈って編んだものを身に着ければ病を退け、関係の修復を願って作った花束を贈れば仲違《なかたが》いを解消でき、光花神の恵みで癒やされるように作った料理は癒やしの効果を発揮します」

おお、と歓声が上がった。

「その祝福を込めた料理でご主人様を癒やすんですね！」

「正確にはエルカローズとその獣を、です」

それを聞いたガルトンたちは険しい顔になった。

「聖者様の力をこんなのに使う必要はありませんよ。もったいない」

「あなた方にそれを決める権利はありませんよ？」

彼らはぎょっとした。笑顔を伴っているにも関わらず言葉の強さに驚いたようだ。

だがエルカローズは別のことを考えていた。料理。料理。料理――。

――今日の晩餐の、大事な最後の準備を終えていない！

「……う………」

エルカローズが声を上げると、ロジオンがすぐさま身を屈《かが》めた。

「すみません、話し込んでしまっていました。苦しいですか？　水を持ってきましょうか」

「う……うぅ……」と獣のように唸ったエルカローズは。

「裏庭――カボ、チャ」

それが限界だった。何の前触れもなく意識が途切れて、何もわからなくなってしまった。

エルカローズにとっての悪夢は大抵《たいてい》、幼い頃の記憶に基づいている。

兄は季節の変わり目に必ず寝込み、少し無理をすれば一週間は起き上がれず、食が細くて家族や使用人たちをひどく心配させる人だった。いまはそれほどひどくなくなったが、あの頃はふうふうと真っ赤な顔で、ときには白い顔でいつも苦しみ、辛そうにしていた。

だからエルカローズが寂しいなんて言えるわけがなくて。

このときの夢も、それだった。兄の部屋に続く扉があって、次々に人が吸い込まれていく。声をかけても立ち止まってくれない。

ただそれだけの夢なのに、目覚めたときはいつも胸が痛いのだ。

「エルカローズ」

すぐ近くで声がした。

夢から薬の匂いが流れてきて胸の奥が痛んだ気がしたけれど、瞬《まばた》きをしてこほっと咳をした途端、それは懐《なつ》かしさすら感じさせる甘い香りとなってエルカローズをほっとさせた。

（……野菜を煮込んでいるときの匂いだ）

すうっと心地よく息を吸い込んだとき、金と緑の光が降り注ぐ。

夏の午後に木陰から見上げた空と木がもたらす輝きに似た、かつて兄が見せてくれた絵本に描かれていた存在がこちらを覗《のぞ》き込んでいる。

「…………妖、精……？」

人間に幸いを授けることもあれば悪戯《いたずら》や不幸を見舞う妖精。魔物の中でも格別に美しく儚い姿をしているというが、次の瞬間、妖精は困ったような、いまにも噴き出す寸前のような人間味のある表情になった。

「妖精に見間違っていただけて光栄です」

声を聞いて、わずかに覚醒する。

「……聖者様……」

「ロジオン、ですよ。スープを作ってきました。食欲はないと思いますが少し食べてください」

起こしますね、と背中の後ろに手を差し入れられそうになり、急いで抵抗した。

「いけません……！　あなたに、看病をさせるわけには……顔合わせ、に、こんな失態をして……これ以上、手を、わずら、わせる、こと、は」

勢いよく言ったけれど続かなかった。横になっているのに肩で息をして情けない。

高熱で動けない状態でなければ額《ぬか》ずいて許しを請うていた、そのくらいの失態を犯してしまっている。せっかくのドレスは寝ていたせいで皺《しわ》になっており、病人を看護しようとするロジオンの慈愛と微笑みが胸に突き刺さった。

「エルカローズ――」

彼が、エルカローズの左肩の近くに手を突く。

ぎっ、と手入れしていない寝台が軋《きし》む。すると彼は身を屈めてきた。

(え……えっ、何故!?)

混乱するエルカローズがおかしいのだろうか。そういえば獣は、と視線を走らせると寝台の足の方の床で動いているのが見える。何かに夢中になっているらしく、ロジオンの所業には気付いていない。誰彼構わず威嚇するのにこんなときに限って、と歯軋りしたくなった。

どんなに焦《あせ》っても、セレーラはいないしガルトンたち他の使用人も姿を消している。

彷徨うエルカローズの視線は迫り来るロジオンの動向を窺《うかが》うべく固定せざるを得なかった。

美しい巻き毛がとろりと甘い蜜のように彼の肩から零《こぼ》れ落ちる。

なんということだろう、彼は髪だけでも人の目を奪うことができるらしい。これが光花神の

祝福か。——感心したが、どう考えても現実逃避だ。

落ちてきた髪先で肩をくすぐられた瞬間、停止していた思考が大音量の警鐘を鳴らす。近付いてくる、もうすぐそこに、彼の顔が。

（き、きっ、接吻《キス》され——）

唇が、ふふっと笑い声を漏《も》らして。

「失礼ですが、呪われていらっしゃいますよね？」

——危うく意識を失うところだった。

「諦《あきら》めてください。私を誤魔化《ごまか》すことはできません」

穏やかながら拒絶を許さない微笑みに、エルカローズは陥落した。

祝福とは真逆の力、呪い。

その効果には魔の気を帯びた不快症状が挙げられる。食欲がなくなる、眠れなくなる、頭痛や吐き気が止まらない、高熱が引かないというものもある。まさしくエルカローズの状態だ。

そしてそこにいるのはただの獣ではなく魔のもの。いまこの館にいる魔獣の子なのだった。

がくりと力を失ったのを幸いと、ロジオンはエルカローズの腕を肩に回して起こし、枕や毛布を丸めて背中側に差し入れ、座位の姿勢を取らせる。

身を預けているにも関わらず疲れてしまい、エルカローズはふうと息を吐いた。

「さあ、身体が辛いでしょうけれどもう少し頑張って。スープを飲みましょう」

「わん！」

鋭く吠えられて、ロジオンは振り向きざまに何かを投げた。

魔獣の子がそれにかぶりついている間に、同じものを足元に置く。濃い橙色《だいだいいろ》の実が見える、薄黄色の平たい、パンだろうか。けれど香りは甘いからケーキに近い味かもしれない。

甘さと食感を想像したせいか、くっと胃が動いた。

「獣さん、残りはここに置いておきますから好きに食べてください」

聞こえているのかいないのか。尻尾をぶんぶんと振っているから口には合ったようだ。だいたいエルカローズに向けてはしゃぐか周りに怒るかなので、嬉しそうに食事する姿は珍しい。

ロジオンはスープを匙《さじ》で掬《すく》い、そっとエルカローズの口元に運んだ。

呼吸が整わないので汁物を啜《すす》るのは至難《しなん》の業《わざ》だったが、なんとか口に含めた。

じんわりと塩味を感じる。

だが味わうよりも横になりたい衝動が勝《まさ》り、背もたれに沈み込んでしまう。

「よく頑張りました。どうでしょう、食べられそうですか？」

「はい……美味《おい》しい、です……」

ロジオンはきょとんとし、くすっと噴き出した。

「食欲があるかどうか聞いたつもりだったのですが、お口に合ったようでよかったです」

ぼんやりしていたエルカローズは勘違いに気付いて真っ赤になった。

「あなたが優しい方で本当によかった。私たち、きっと上手くやっていけます」

「……そのこと、なのですが」

楽に息ができる。

突然の変化に驚いて言葉を飲んだ。

喉、胸、額と触れて目を瞬《またた》かせた。痛みや息苦しさや熱がずいぶんましになっている。

「声が、出る。身体が楽になった気が……？」

「わずかですが熱が引いたのでしょう。もう少し召しあがりますか？」

にわかに空腹を覚えた。口の中に残るスープの甘さと塩の味が恋しくなる。

「はい。いただいてもいいですか？」

「もちろんです」と言ってくれたロジオンから皿を受け取り、ゆっくりではあるが匙を運ぶ。

一口ごとに、溜《た》まっていた苦痛の熱が消え、芯のある温《ぬく》もりが全身を巡っていく。

気力が湧《わ》くのが目に見えたのだろう。傍《かたわ》らに座るロジオンはほっと胸を撫で下ろしていた。

(優しい人だな。会って間もない私の無事を喜んでくれるんだ)

ロジオンのスープは、豆の白と赤、カボチャの黄色、茸《きのこ》の茶色とタマネギの白という秋の旬を集めた賑《にぎ》やかな色合いのものだ。カボチャと豆がほくほくと甘く、塩が引き出す旨味《うまみ》と生姜《しょうが》の香《かぐわ》しさがすっきりする味付けになっている。豪勢ではないが丁寧な一品で、細かく刻まれた具材や複雑でない味は病身のエルカローズを気遣ったものだ。

「優しい味です。食べた途端に苦しみが和《やわ》らいだ。祝福の力とは素晴らしいものですね」

「私は祈っただけです。食材がよかったのでしょう。どれも新鮮で、丁寧に下ごしらえしてありました。それにカボチャ。よく熟していて大切に育てられたことがわかりました」

笑み混じりに言われて、倒れる間際にカボチャのことを口走ったのをうっすら思い出した。

菜園のカボチャ畑はまめに草を取り、親蔓が太くなるよう枝切りし、見目も整えていた。歓迎の晩餐のために一等甘いものを作ろうと丹精《たんせい》込めたから、無駄にならなくて本当によかった。

だが意識を失う寸前にカボチャとは。食い意地が張っているようで恥ずかしい。

「菜園のものを使ってくださったんですね。感謝します。今日中に収穫するつもりが、倒れた瞬間に無理だと焦ったせいで不躾《ぶしつけ》なお願いをしてしまいました。申し訳ありません」

真《ま》っ直《す》ぐに頭を下げて、お詫《わ》びと感謝を込めてスープを完食した。

その頃には全身が心地よくぽかぽかしていて、高熱のだるさが鍛錬《たんれん》後に感じるような疲労感に変化していた。このまま横になればよく眠れるだろう。

だがエルカローズには責任がある。

「ロジオン様。お話があります。あなたが指摘した呪いについて」

「横にならなくて大丈夫ですか？　でしたら、聞かせてください」

ああ嫌だな、と思った。穏やかに耳を傾けようとしてくれる彼がこの話を聞いてどんな顔をするか。破談になっても仕方がありませんね、と言われることも止《や》むなしと思っていたのに。

ともかく、話をしなければ。

「確かに私は呪われています。原因はその魔獣です」

「そうだろうと思いました。けれどどうして魔獣の子がこんな街中にいるのですか？」

予想済みだったが首を傾げるロジオンに、疑問はもっともだとエルカローズは頷《うなず》いた。

出会いは約一ヶ月前。黒の樹海の調査に赴《おもむ》いたときだった。

樹海を探索しているとエルカローズは負傷した魔獣の子を見つけた。

魔の領域のものとの関わりには細心の注意が必要とされるため、可哀想に思いながらも手を出さずにおこうと思ったが、魔獣の子は怪我を負った身で必死についてこようとした。魔の領域を出ても、まだ。

「だから助けを求めているように感じてしまって……」

怪我が治る間だけだと、王弟殿下や関係各所の許可を得て館に連れ帰ったが、途端にエルカローズや使用人たちに不調が相次いだ。神教会の聖職者に診《み》てもらったところ、獣の帯びる強い魔の気に当てられたせいだという。

魔物の呪いが降りかかったのだ。

このままではまずいと森に帰そうにもエルカローズから離れない。追い払ったり害を与えようとしたりすると怪我を負うなど強力な呪いの報復がある。誰も手出しできない状態だった。

見通しが甘かった、こうなるとは思わなかったなんて言い訳でしかない。しかし傷が癒えるまではと連れてきたのだからその責任を負うべきだと思った。このまま追い返すのは哀れだし、回復すれば自然と居場所に戻って呪いも和らぐはずだと判断した。

そして他の者が呪いをもらい受けないよう、エルカローズは一人この古家で過ごしている。

「ですからこの結婚を破談にすることを承知していただきたいんです」

目を逸《そ》らさないよう、毛布を両手で握りしめる。

「呪われた私と結婚しなければならないなんてお気の毒すぎる。魔物の侵攻を防ぐためとはいえ、あなたの未来を犠牲にしたくはありません……それに」

はっきり口にするのは憚《はばか》られて、つい小さな声になってしまった。

「結婚すると、祝福の力を失うと聞きました」

多くを救うことのできる人が、エルカローズのような人間のせいでその力を失ってしまうなんて、許されることではない。

どうかと頭を下げた。

「呪われている私はあなたの伴侶にふさわしくない。このまま結婚するわけにはいきません」

「いまこのときこの場所で、私たちがこうしていることが予言だとしても、ですか？」

「はい」

自分たちの結婚は予言だからどうしようもない。呪いと魔獣の子のことは織り込み済みかもしれない。そう考えることはできても受け入れがたかった。

何よりもロジオンが気の毒すぎる。エルカローズはもともとそれほど器量が良くないし、近衛騎士を奉職する、世間一般の女性像に当てはまらない人間だ。それだけでも不安だろうに、婿入りしようとしたら結婚相手が呪われていたなんて、裏切られた気になるだろう。

「……そうですか。わかりました」

よかった、わかってくれた。

一抹《いちまつ》の胸の痛みとともに安堵できたのは、一瞬だった。

「では結婚を当面延期にして、私の祝福の力であなたと魔獣の子を癒やしましょう」

「わふ」と魔獣の子が小さく吠えた。自分が話題に上っているので返事をしたようだ。

「…………?」

意味を受け止められないエルカローズに、ロジオンはとびきり楽しそうな微笑みをくれた。

「呪いが解ければ結婚してくださるのでしょう？」

「――!?」

ひゅっと吸い込んだ息にエルカローズは噎《む》せた。ロジオンに背中を摩《さす》られながら「な、何故」と言葉をも詰まらせる。

「祝福を込めた料理を作り、食べてもらう。そうすれば呪いは和らぎ、魔獣の子の怪我も癒えるでしょう？　あなたの懸念が呪われていることならそれを解消するまでです」

「な、ど、どうして？　結婚すれば力を失ってしまうんでしょう!?　嫌ではないんですか!?」

「はい」

困惑と羞恥《しゅうち》が混じった叫び声を上げた。

「それだとまるで結婚したいように聞こえるんですが！」

「ええ、先ほどからそう言っているのですけれど……」

エルカローズは、絶句した。

どこにそう思う要素があったのだ。考えれば考えるほど、失態しか見せていないと思い知るばかりなのに。

「私はこの結婚を嬉《うれ》しく思っています。まだ少ししか同じ時間を過ごしていませんけれど、あなたはとても優しく、真面目《まじめ》で、思いやりに溢《あふ》れた方だと感じています。あなたが結婚相手でよかったと思い始めているところです」

「それは」

「ええ、あなたのことをよく知らないからかもしれません。ですから深く知りたいと思うのです。少なくとも私はあなたを助けたい。私の力で癒やせるなら何もしないわけにはいかないとも」

緑の瞳はどこまでも柔らかくエルカローズを包んでくれる。

「大変だったでしょう。よく頑張りましたね」

ぽろっ、と涙が零れた。

責任を感じて事態を収拾しなければと躍起《やっき》になっていたけれど、心は疲れていたし身体は苦しくて辛かったのだ。それをわかってもらえた気がして安心してしまった。

好きなだけ泣けばいいとでも言うように、ロジオンは微笑んでいる。

ただの十八の娘にされたようで気恥ずかしく、目元を拭《ぬぐ》いながら唇を尖《とが》らせた。

「……そんなに見つめないでもらえませんか」

「すみません。やっと泣けたなら私がここにいる意味があったと思って」

にこにこと言われてしまうと、エルカローズの性別や年齢、騎士という自負に伴う意地がとてつもなくちっぽけに思える。元聖者と器の大きさを比べて勝てるわけがないけれど、何もかも敵《かな》わないからこそ背伸びをして強がらないとロジオンの伴侶だと名乗れなくなってしまう。

彼の発言を受け入れ始めている自分に驚きながら、恐る恐る確認した。

「あの、本当に、いいんですか。私と結婚して力を失っても？」

もしエルカローズが騎士の位を捨てて結婚しなければならないとしたら、そうするに値する理由がなければ頷くことはできないと思う。

家族を守れないとか。誰かが助かるとか。そうしてもいいくらい、思いが深い、とか。

理由があるなら、と思って口にした問いに、ロジオンは何も心配いらないという風に頷いた。

「はい。そういう予言ですから」

エルカローズは両手で顔を覆《おお》って天を仰《あお》いだ。

ああー！　はい、そうですよねー！　愛しているからなんて言うわけがありませんねー!?

私は馬鹿か。少しでも期待した自分をいますぐぶん殴りたい。

（一目惚《ひとめぼ》れされるような稀有《けう》な人はロジオン様のような方のことを言うんだって！）

心の中でありとあらゆる罵倒《ばとう》を自らに浴びせかけ、羞恥でのたうちまわりたいのを必死に堪えた。会って一日も経っていない、一目惚れされるほどの魅力がないのは重々承知しているのに何を考えているのか。

「わふんっ！」

「うわっ」

エルカローズとロジオンの間に魔獣の子が頭をねじ込ませてきた。

腕の下に頭を差し入れようとしているのは撫でろという意思表示らしい。自己中心的でいて無垢な要求にため息をついて、投げやりに汚れた毛をわしわしとした。

「わふ、わふっ」

「わかった、わかったから」

構ってもらえて嬉しいらしく、尻尾がばしばしとロジオンの足に当たってしまっている。お腹も満ちたのかかなり元気そうだ。というより、元気になりすぎかもしれない。

「魔獣にも祝福の力が効いてよかった。怪我の手当てができていないみたいですから、洗って包帯を巻いておきましょうか」

ロジオンがそう言った途端、魔獣の子はさっと足元をすり抜けて寝台の下に潜ってしまった。覗き込むと、見事な伏せの状態で「絶対に動きません」と態度で示している。

「おやおや。ますます埃だらけになってしまいますね」

「すみません……最初はもう少し綺麗だったんですが、誰かが触ろうとすると察知して逃げるし、私もしばらく寝込んでいたので、洗うことなんてまったくできなかったんです。三日月型の青い瞳をしているんですが、この状態だとまったくわかりませんね」

暗がりだとかすかに目が青く光っているのがわかる程度だ。唯一触れられるエルカローズは頻繁に体調不良で伏せっていたため、結局汚れたままでうろつかせてしまっている。

するとロジオンがいいことを聞いたとばかりにぽんと手を打った。

「なら、この子のことはルナルクス《月の光》と呼ぶことにしましょう。怪我が治るまではここにいるのですから、名前がないと不便ですよね」

「魔獣に、名前ですか？　『名を持たず、愛を知らず、常に飢えている』魔物に？」

魔物が魔物たるのは神教書曰く『名を持たず、愛を知らず、常に飢えている』からだという。忌避《きひ》する存在、相容《あいい》れない生き物に名をつけるなんて変わった人だと思ったが、再び寝台の下を覗き込んだロジオンが呼びかけるのを聞くと、そうすればよかったのかと不思議と納得した。

「ルナルクス。そこは狭いでしょう。もう触る気はないから出ていらっしゃい」

ぴくっ、ぴくっと耳を動かしていたルナルクスは青い月の目をじっとこちらに向ける。真意を探る気配を感じたが、ロジオンは変わらない微笑みで呼びかける。

「エルカローズが休むのを邪魔しないでくれたら食べ物を持ってきますがどうしますか？」

それが駄目《だめ》押しとなったらしい。

ルナルクスは寝台から這い出ると、ロジオンから距離を取り「わふ」と短く吠えた。

「病人の上に乗らず、吠えず、悪戯もせず大人しくできるのですね？」

「わふっ」

エルカローズとロジオンは顔を見合わせた。

完璧に人間の言葉を理解しているらしい。魔獣とは相当賢い生き物のようだ。

「エルカローズ、菜園のカボチャをもう少し収穫してもいいでしょうか。下ごしらえしておけば少々凝《こ》ったものを食べてもらえると思います」

「どうぞ、収穫どきのものは自由に採って使ってください。趣味の菜園です、役立ててもらえるならこれ以上のことはありません」

そこに彼の姿があるところを想像して心が浮き立った。

エルカローズが作ったものをロジオンが調理して、一緒に食べる。それがとても素晴らしいことのように思えたからだ。

（この人の作るものはなんでも美味しい気がする。すごく私好みというか、美味しいだけじゃなくて何かこう……なんだろう、上手《うま》く言えない）

けれど間違いなくあの野菜スープは美味しかったし、心身ともに癒やされた。

「きっとあなたを癒やしてみせますから、これからどうぞよろしくお願いします、エルカローズ」

だからその言葉はすごく嬉しかった。そうなったらいいと思った。

「こちらこそ面倒をおかけして申し訳……いえ、心遣いに感謝します。ロジオン様」

職務中のように言いかけたことに気付いてすぐさま修正し、頑張って彼のような微笑みを浮かべてみた。少しでも、喜んでいることが伝わるように。

多分ロジオンはそれを汲み取ったから、にこっとしてくれたのだと思う。

「わん！」

「ルナルクスもよろしく」

自己主張したルナルクスはわざわざエルカローズと壁の間に寝そべった。

二人で顔を見合わせて笑ってしまった。

(うん、ロジオン様でよかった)

最初は気後《きおく》れしたけれど同居人としては悪くない。いやむしろ上出来だろう。結婚についてはは体調が整わない間は忘れて回復に専念しようと決める。

一つ屋根の下でともに暮らす、夫婦未満の自分たちだけれど、この出会いはもしかしたら光花神のもたらした祝福なのかもしれないと、胸の奥のこそばゆさが教えてくれていた。

第2章　睦み合いはふたりのために

それからエルカローズには毎日身体《からだ》に優しいスープや粥《かゆ》を、ルナルクスには味の濃くない焼き料理を、ロジオンが作ってくれるようになった。

その日はシチューを思わせる香りで目が覚めた。

エルカローズにとってシチューと言えば祖母が作ってくれる牛乳たっぷりのそれだった。煮込まれた鹿肉がほろほろで、ニンジンやフロゥ芋《いも》が柔らかくて、口に入れた途端にバターの香りがして幸せな気持ちになる。冬に食べるのがまた格別だった。思わずがっついてしまって口の中を火傷《やけど》し、祖父母が落ち着いて食べなさいと笑って窘《たしな》めるのだ。

ふわりとあくびをすると、優しい記憶はゆっくりと遠ざかっていった。

(すごくよく寝た……)

十分休息した感じがする。なんならもう少し寝ていたいくらい寝台の中が気持ちいい。

だがいい匂いがするのに眠ってしまうのは惜しい。心地よい空腹を感じていると、声がした。

「おはようございます、エルカローズ。気分はどうですか？」

柔らかな微笑《ほほえ》みに隠しきれない華やかさと輝きはまるで金の薔薇《ばら》のようだ。着ているものは白いシャツに焦《こ》げ茶色のベスト、黒いズボンという地味な格好だが、もし王侯貴族のように着飾ったら彼を一目見ただけで失神する男女が頻出《ひんしゅつ》しそうだった。これは誰の目にも触れないよう森の奥で花を愛《め》でて暮らしてもらった方が……などと考えて、そのまま数十秒。

「寝ぼけていますか？　私が誰かわかりますか？」

半分夢の中にいた思考が現実に戻《もど》ってきた。

「……ロジオン様」

「はい、そうです。おはようございます」

いい子、と幼子を褒《ほ》めるようににっこりされて、どきんと息が詰まった。右手を額《ひたい》に当て、ああ、と起き抜けの掠《かす》れ声で呻《うめ》く。

(毎日のこれに慣れる気がしない……！)

極上の微笑みで一日を始めることになって、毎日激しい動悸《どうき》と呼吸困難に見舞われている。心臓と精神の耐久力を上げておきたくとも鍛錬《たんれん》に励めるほどの体力がない。

「もしかして気分が優れませんか？」

エルカローズははっと起き上がった。

「いいえまったく！　むしろ気分がいいです！」

「そうですか？　ならきっと祝福の力が効いているのですね。よかったです」

「あおんっ」

てし、と寝台の上に足を置いてルナルクスが吠《ほ》えた。忘れるな、構えという意味だろう。おはようと返すものの、構えなかったのはお前が原因だよ？　と言いたくなってしまう。

寝巻きの上に肩掛けを纏《まと》って身なりを正すと、深々と頭を下げた。

「すみません、今日も面倒をかけてしまうようです」

「いいのですよ。館《やかた》の皆さんも助けてくれますから」

けれどエルカローズの世話がなければ館の者たちと交流してこれからの日常の基盤を作ることができるのだ。まだこちらの生活習慣や常識に馴染《なじ》んでいるわけではないのだから、快適な生活を送るための時間に充《あ》ててほしい。

そうは思っても、彼の祝福の力がなくてはまったく動けなくなってしまう。

こんなはずではなかった。破談になったとしても、これからのことを決めるまではのんびりと過ごしてもらうつもりだったのに、面倒ばかりかけてしまっている。

涙が浮かびそうになったので、気付かれる前に顔を洗おうと寝台から降りる。だがその前にロジオンに押しとどめられてしまった。

「どうかしましたか？」

「あ、ええと、顔を洗おうと思ったんです」

「そうでしたか。少し待っていてくださいね、拭《ふ》くものを持ってきます」

ロジオンは部屋の外に消え、すぐに濡《ぬ》らした手拭《てぬぐ》いと何かの小瓶《こびん》を持ってきた。元聖者を使い走りにしたことに気付き、エルカローズは震えた。

「すみません！　お手数をおかけしました、あ、ありがとうございます……」

「顔を拭いたら、よければこれをつけてください。肌がしっとりしますから」

蓋《ふた》を開けた小瓶を近付けられる。そっと息を吸い込むと、香草の爽《さわ》やかな香りを感じた。

「いい香りですね……？」

「迷迭香《ローズマリー》の化粧水です。修道院の姉妹……仲間の修道女のことをそう呼ぶのですが、彼女たちが作っている化粧品の一つです。効果は保証しますよ」

手のひらに受けたとろみのある液を、ロジオンの手本のように頬や額、首筋に塗っていく。熱を持った肌が緩《ゆる》やかに冷えてもちっとした質感になると同時に、心地よい香りに包まれて、ほうっとため息が出た。

「気に入ってもらえましたか？　どうぞ、差し上げます」

「えっ!?　そんな」

物欲しそうに見えたのか。ぶんぶんと首を振ると、ロジオンは照れくさそうな顔になった。

「姉妹たちが私の妻になる人にと持たせてくれたもので、いつ渡そうかと機会を窺《うかが》っていました。他にもたくさんあるので、もらってください」

「……つま……」

エルカローズも思いがけず赤くなった。

ほんわりとした、なのにもぞもぞと身じろいでしまいたくなる沈黙を破ったのはロジオンだ。

「……と、いけない、スープを持ってきたのでした。今日は少し暑いくらいなのでフロゥ芋の冷製スープにしてみました」

「あ……は、はい、いただきます」

夢の中で感じた香りは半分正解だったらしい。フロゥ芋を裏ごしして牛乳と生クリームを合わせたスープだ。

にっこりしたロジオンは皿と匙《さじ》を持つと、自らスープを掬《すく》ってエルカローズに差し出した。

これは、いわゆる「あーん」というやつか。

(いやいやいや！　そんな甘いやつじゃない！　介護、そう介護だなこれは！)

ならば不要だ。エルカローズは手のひらを押し出した。

「大丈夫。ロジオン様、大丈夫です。手を煩《わずら》わせるまでもないです、自分で食べられます」

「おや……それなら、どうぞ。零《こぼ》さないよう気を付けてくださいね」

(うん、介護だな!!)

それでももしこれが甘いやり取りだったらと想像したせいで熱が上がってしまったようだ。スープを飲むだけなのに呼吸を乱していたが、口の中に広がる濃厚な甘さを堪能《たんのう》しているうちに不必要な力が抜けていった。

「食べられそうですか？」

「はい。とても美味《おい》しいです」

味わっているところを観察されていたようだ。はにかみつつも素直に答えた。

アルヴェタイン王国は大陸南方の温暖な土地にある。南北で気候に差があり、王都は南の海近くにあって一年のほとんどが晴れているような場所だから、秋が深まりつつあっても突然夏の終わりの暑気が戻ってくる。

フロゥ芋を丁寧《ていねい》に裏ごししたスープは、涼しげな白と爽やかな旱芹《パセリ》の色合いはもちろん、とろとろとした美しい見た目が食欲をそそる。簡素だが手間がかかっているのはこのスープの美しい滑《なめ》らかさからも明らかだ。

これだけではない。カボチャ、ナス、赤や黄のパプリカ、フロゥ芋。煮たり焼いたり潰したり、摺《す》り下ろしたり、エルカローズとルナルクスの食事はいつも工夫されてあった。素材の味が生きるよう薄味にして、目にも楽しい色合いになるよう気を遣い、具の大きさも考えてある。

ふっ、とロジオンが笑った。いままでとは違う、笑顔になるのを堪《こら》えるような顔だ。

「ばうっ」

だがそれはルナルクスの吠える声でぱっと消えてしまった。

「忘れていませんよ。はい、あなたの朝食です」

ルナルクスは皿に突進した。脇目《わきめ》も振らない食べっぷりは見ていて気持ちがいい。

味見させてもらったが、野菜を煮込んで柔らかくしただけのものだったり、塩気がないパンだったりと健康を考えた味付けだった。人間の身には物足りないけれど、誰に対しても素っ気ないルナルクスが、ロジオンに自ら近付いていって食餌《しょくじ》をねだるのだから相当美味と感じているのだろう。

黒の樹海に食料となるものがどれだけあるかわからないが、屋根のあるところに毛布で作った寝床があって三食食べられるここでの暮らしは贅沢《ぜいたく》だろうというのは想像がついた。

（わかるよルナルクス。ロジオン様の作るものは美味しい。体調のいいときだけじゃなく悪いときにも『美味しい』って言える味だと思う）

塩辛すぎず甘すぎず。薄すぎず濃すぎず。絶妙な味加減の病人食だ。こうなると早く元気になって彼の作る他の料理や甘味類も味わってみたい。得意料理は何なのだろう？

（……って、だめだ！　そうなったらロジオン様をずっと働かせることになってしまう）

「……おや？」

ロジオンがスープ皿を見て目を瞬《またた》かせた。

しまったと思ったときには遅い。皿は空っぽになっている。エルカローズを気遣って少なく盛られていたのと、体調が回復し始めて食欲が出ているせいだ。

「失礼しました……あまりに美味しかったもので……」

目を伏せるが、ロジオンはどこまでも優しい人だった。笑って首を振るのだ。

「美味しく食べてくださる方は大好きですよ」

違う、そうじゃない。お世辞じゃなくて、本当に美味しかったのだ。

「今朝目が覚めてとても驚いたんです。こんなに身体が軽いのは久しぶりのことだったから。あなたのスープのおかげです。祝福の力だけじゃなくて、あなたが作ってくれたスープそのものにも『癒やし』を感じました。美味しいのはもちろんなんですが、心に届く感じがしたんです。安らぐというか、優しい気持ちに包まれている感じがするというか……」

ロジオンは目を見張っている。

何を突然語っているんだ、とエルカローズは頬を紅潮させて言葉を飲み込んだ。衝動のままに恥ずかしいことを口走ってしまった。

「すみません、上手《うま》く伝えられないのですが、本当に美味しかったです」

「……どうして謝るのですか？　いま私はとてつもなく嬉《うれ》しいのに」

顔を上げた先に、笑顔。笑み崩れたと言っていい完璧《かんぺき》ではない表情だ。泣きそうにも見える。けれどその喜びを表した顔は信じられないほど魅力的で、エルカローズの胸を打つ。

「美味しいと言ってほしい、温まってほしい、安らいでほしい。食べるその人の心身が健《すこ》やかになりますようにと、料理を作るときはいつも願っています。そしてそれが叶《かな》ったこと、見て聞いて感じ取ることは、私の心を癒やしてくれます。いま、あなたは私にそれを与えてくれた」

囁《ささや》くように、エルカローズのためだけに告げるみたいにして言う。

「ありがとう、エルカローズ。あなたの一生懸命さと正直な言葉が、大好きです」

「だっ!?」

その言葉はエルカローズに高熱を見舞い、首や耳から顔を真っ赤に染め上げた。

「いけません！　そういうことを気軽に言っては……！」

「本当にそう思ったから伝えたのですよ？」

不思議そうに首を傾《かし》げられてしまうと、間違ったことは言っていないので黙るしかない。

そういえばこの人は俗世から離れていたのだった。異性に対する言動に注意を払ってほしいと思っても、そういった感覚に乏《とぼ》しいのだろう。

そう思いはしても、やはり胸が騒ぐのだ。エルカローズが面食いなのではなく、他愛ない言葉でも特別に感じられてしまう魅力を持つのがロジオンなのだ。これはエルカローズが自制して、彼の普通はこうなのだと理解するのが最も適しているだろう。

「そうですよね、そう思ったから伝えてくださったんですから、おかしな深読みをする私が間違っていました。取り乱してしまって申し訳ありません」

「……本当にそれが深読みなら、ね」

「え……？」

穏やかじゃない呟《つぶや》きを聞いたエルカローズが顔を引きつらせると、ロジオンはにこりとした。

「スープをもう一杯いかがですか？」

「お願いします……？」

差し出した皿を受け取って、ロジオンはするりと部屋を出て行った。

（いまのは何だったんだろう。笑っていたから冗談だった、んだよな？）

戻ってきたロジオンから受け取った二杯目のスープを口に運ぶ。ゆっくり大切に食べているエルカローズを見る彼は本当に嬉しそうだったので、ふと気になって尋《たず》ねてみた。

「もしかして料理するのがお好きなんですか？」

「はい、とても！」

思っていた以上に力のこもった答えが返ってきた。

「多くの修道院には菜園があって、自ら世話したものを収穫し、調理して食べることを日課にしています。修道院には多くの人が集まっているので、フロゥ芋一つにしても食べ方や調理、料理の種類が多岐《たき》にわたっています。それをとても面白いと思ったのがきっかけです」

ロジオン曰《いわ》く、ほとんどの料理の根底は共通しているが、地域の食材や香辛料、調理者の匙加減で差が出る。それこそが母の味、思い出の味であり、神教会に身を寄せる人間がことさら大事にするものだという。故郷や懐《なつ》かしいものを共有したいと、料理箋《レシピ》を教え合い、研究する者も多く、実は聖職者は舌が肥えている。俗世から隔たっていると食べるのが楽しみになる者が多いのだそうだ。

「大地と光と水の力を借りて芽吹いたものを口にすることは光花神の恵みを受ける行為ですから、農耕は最も尊い奉仕とされています。ですからこの館に菜園があることが嬉しかったです。

とても綺麗《きれい》な場所ですね。収穫するだけのつもりがつい長居してしまいます」

生き生きと語るロジオンがきらめいて見え、菜園を褒めてもらえたこともエルカローズを嬉しい気持ちにさせた。

(近頃まったく見に行けていないから、手を入れて綺麗にしたあの場所を見てもらいたい)

「元気になったら案内してくださいね？」

先回りするように言われて、どきっとしつつ頷《うなず》いた。

そのためには早く元気になろうと心に決め、毎日しっかり食事をし、たっぷり眠って回復に努めた。


日がな一日寝ていて、体力が戻ってくると昼中の眠りが浅くなる。

(退屈だな……)

そう思えるということは元気になった証拠だろう。

しばらくごろごろしていたが身体を動かしたくてたまらなくなってきた。

(少し歩くか。鈍《なま》ってしまっているからいまから動いて復職に備えよう)

それに外はきっといい天気で園芸日和《びより》だろうと思うと我慢できなかった。衣装櫃《いしょうびつ》に入れっぱなしだった埃《ほこり》っぽい外衣《ローブ》を寝間着の上から纏っていると、うたた寝をしていたルナルクスが顔を上げ、ぱたりと尾を動かした。エルカローズは「しー」と指を立てて囁く。

「これから散歩に行ってくるけど、静かに。それとも一緒に来るか？」

「がふっ」

抑えた鳴き声で返事があったので、エルカローズはルナルクスを連れて古家を出た。外は思い描いていた以上の快晴だった。吹く風は秋めいていて涼しく、大きく伸びをして澄んだ空気を胸いっぱいに吸い込む。呪いが重いときには辛《つら》かった太陽の光をいまはとても心地よく感じて、自分は病気だったのだなと改めて思った。

菜園の様子を見て戻ろうと決めて、のんびりと歩き出す。

エルカローズが騎士爵として賜《たまわ》った館は、真四角に裁断した飴《あめ》菓子のような建物だ。黒い帽子を被《かぶ》せたような屋根、その真ん中には見晴台《みはらしだい》にもなる小さな塔があって、正面から見ると建物の角に当たる部分が洋燈《ようとう》のように張り出している。装飾は極力最低限、表に面した窓も塔も緻密《ちみつ》というよりは堅実な線と対称でまとめられている。

車寄せがある前庭の緑はすっきりと整えられて広々とした印象だが、家人の私的な場所とされる裏庭はエルカローズが庭師と相談して少し趣《おもむき》を変えてあった。

館のすぐ裏手にある白石の階段を降りていく。石を組んだり敷いたりして区切りや道を敷き、ありのままの植物を観賞する造りは、自由で伸び伸びとした印象になるように考えたものだ。

そして菜園はこんもりとした緑の生垣を越えた先にある。

野趣に富んだ庭とは正反対に人の手で作られた雅趣《がしゅ》のある眺めは、まさに目で楽しむ野

『菜』の庭『園』だ、とエルカローズは内心自負している。

(さて。みんな元気だろうか。調子の悪い子はいないか？)

草取りや剪定《せんてい》、収穫は後日することにして、いまは病気になっていたり虫がついていたりしないか、簡単に見て回る。

(カボチャだけじゃなくフロゥ芋も収穫してくれたのか。香草も摘んでくれたみたいだな)

そうしてロジオンの痕跡を見つける。腐った実の類《たぐい》は落として埋めてあり、エルカローズが気になっていた雑草も取り除いてくれていたようだ。心配するほど荒れていないのは彼の気遣いの賜物《たまもの》だった。ありがたくて今度顔を見たときに拝んでしまいそうだ。

(その前に『まだ寝ていなければだめでしょう』と叱《しか》られるかも)

にっこり、もしくは悲しげに窘められることを想像して――何故かぞくっとした。

(う、うん、カボチャを収穫して持っていこう、いつもありがとうございますと言おう……それなら怒られない、はず)

カボチャが植えられているのは大きく取られた生垣の中だ。菜園の片隅に置いてある木箱から鋏《はさみ》と手桶《ておけ》を取り出して、葉が枯れて間隔が広くなった枝茎《しけい》の間に残っている小さな実を剪定する。小ぶりながらも実に美味しそうな色合いだ。

「っとと……」

実の詰まった野菜はそれなりに重い。よろけつつカボチャが入った桶を手に提《さ》げた。

「あれ、ルナルクスがいない……」

まあいいかと歩き出す。ずっとくっついていたいわけでもないだろう。

なかなかの重さの桶を「ふんっ、ふっ」と上下して軽い運動に代えていると、爽やかな日に似つかわしくない吠声と言い合う声を聞いた。

早足で駆けつけると、古家の前でルナルクスとガルトンたち男性使用人が争っている。先頭に立って棒を振り回しているのは怒りのあまり前髪を乱しているガルトンだ。

「がうっ！　がう！」

「いい加減にしろ！　この家から出て行け！」

「おはよう」

努めて穏やかに朝の挨拶《あいさつ》をすると彼らははっとなった。だがそれを隙《すき》ありと見たルナルクスが凄《すさ》まじい勢いで棒に噛《か》みつき、振り回すようにして奪い取ってしまった。

「あっ！　こいつ！」

「うぅう、がうっ、がうっがうっ、がうっ！」

「どちらも止《や》めなさい！　ルナルクス、吠えるな」

窘めるとひとまず大人《おとな》しくなるが、まだ歯を剥《む》き出した恐ろしい顔で唸《うな》っている。

「ルナルクス？」

「この獣の名前だ。ロジオン様が名付けた」

はあ？　とガルトンは顎《あご》を落とした。

「呼べばちゃんと返事をするし、言うことも一応は耳を傾けてくれるから、無闇に追い払うことはせず、理由を話すところから始めるように。ルナルクスも牙や爪を使うことのないようにしてほしい。いいな？」

変わっていると確かにエルカローズも思った。しかし何かを尊重することは、たとえそれが嫌悪の対象であっても悪いことでも恥じることでもないと思ったから、ガルトンたちを注意しつつルナルクスにも言い聞かせる。

ルナルクスはびし、ばし、と尻尾で地面を叩《たた》いていたが、使用人たちを一睨《ひとにら》みし、鼻を鳴らして背を向けた。なかなかの態度の悪さに「あの獣《けだもの》……！」とガルトンたちは悔しげだ。ゲイリーに次いで主人の身の回りの世話をする彼らは、エルカローズを害して仕事の邪魔をした挙句《あげく》、言うことを聞かないルナルクスが許せないようだった。

「様子を見にきてくれたんだな、ありがとう。館の方は大丈夫か？」

不満を推《お》し量りながらエルカローズが穏やかに案じると、彼らは口々に言った。

「ご主人様、具合はいかがですか？　何か不便はございませんか？」

「お世話ができず申し訳ございません。あの獣さえいなければ……」

そうやって気遣ってくれる全員に共通しているのは「魔獣にいなくなってほしい」「エルカローズに戻ってきてほしい」という思いだ。気持ちはわかる。ルナルクスが館に来て大勢の人間が具合を悪くしてしまったのだから、早く追い払いたいというのが本音だろう。ここに留《とど》まることを認めているのはエルカローズの責任感というわがままのせいだ。

「旦那様のこねでなんとかならないんですか？　神教会の偉い人なら魔獣を追い払うなんて簡単でしょう？」

「騎士の名にかけて」

ガルトンはびくりとした。エルカローズの声の強さに驚いて。

「ロジオン様に不公正はさせられない。神教会には他にも救いを求める人が大勢いるのだから」

「しかしご主人様の夫になるんでしょう」

「たとえそうだとしても、私以外に累《るい》が及ばない限り頼ることはない。私はただ人のロジオン様と夫婦になるのであって、元聖者である彼の縁故や権力と結婚するわけではないのだから」

ぐっと押し黙った彼らだが、ガルトンだけは納得しなかった。

「じゃあ旦那様は何のためにいるんです？　何もしなくていいわけじゃありませんよね？」

還俗《げんぞく》したロジオンは現在何の身分も持たない普通の人だ。このままでは彼は情夫のような立場になってしまう。

神教会から支払われる年金には彼の労働を避ける意味合いが含まれているはずだからそれも仕方がないと思うが、確かに外聞はよくないし、仕える者たちも穏やかではないだろう。

「何をするか何ができるかはこれから見つければいいんじゃないか。私は、あの方がこの世に弾《はじ》かれることなく生きていけるなら何をしてもいいと思うし、それを見守るのが役目だと思っている」

「わんっ！」

突然吠えられたので驚いた。

ルナルクスの視線の先にはいま話題にしているその人がいて、淡い微笑を浮かべながらやってくるところだった。

途端《とたん》にガルトンたちは気まずそうな顔になり「失礼します」と頭を下げて本館に戻っていく。

「ロジオン様、どうかしましたか？」

「それはこちらの台詞《せりふ》です。起きて大丈夫なのですか？」

会話は聞こえていなかったはずだと思いながら問うと、呆《あき》れたように言い返された。

「はい、おかげさまで。いつになく気分がいいので少し歩こうと思ったんです、……っ!?」

突然頬を撫《な》で上げるようにされて硬直する。

だがロジオンの目に色気は皆無だった。

「……うん、熱はそんなに高くないようですね。けれどその格好で出歩くのはいけません。それにどうして病人が重いものを持っているのですか。こちらに渡してください」

「はい……」

胸が騒いだのは一瞬、熱を測られただけだとわかった後に続けざまに叱られて、大人しく手桶を渡すしかなくなってしまった。

「…………」

ぱちぱちと瞬《まばた》きをする。

エルカローズがよろめいた重さの桶を鞄《かばん》のごとく片手で軽々と持ち上げている。そして彼はそのことにまったく頓着《とんちゃく》していないようだ。

(思っていたより力持ちだなあ……)

「どこに運べばいいですか?」

「……え、あっ! 炊事場に! 使ってもらえればと思って持ってきただけですので」

そこでやっとロジオンは表情を和《やわ》らげた。

「お気遣いありがとうございます。せっかくだから希望のものを作りましょう。何が食べたいですか? 大抵《たいてい》のものは作れると思います」

「いえ、お気になさらず。作っていただいたものは何でも食べます」

くすっとロジオンは笑みを零し、エルカローズの耳元に近付くように身を屈《かが》めた。

「私があなたの望むものを作って差し上げたいのです。だめ、ですか?」

その瞬間『だめ』という言葉が彼のものになった。

そんな気がしたくらい凄まじく良い声だった。真剣なのに少し笑みを含んでいるのが反則技だ。耳から胸の奥までくすぐられた気がして卒倒しそうになるが、ここで倒れては寝台に押し込まれることは想像がついたから、必死に意識を保った。絶対に倒れてはならない、その意気は死してなお立ち続けた戦士にも劣らないものだっただろう。

「ばう！　ばう、ばぅっ！」

ルナルクスの声に励まされ、エルカローズはぎぎっと軋《きし》むようなぎこちなさで必死に微笑みを取り繕《つくろ》った。

（とりあえず、食べたいものを言えばいいんだろうけど……）

ぱっと思いついたのが本当にただ食べたいだけのものだったので却下だ。ロジオンに作ることができて、食事にふさわしい料理を答えなければならない。

「ケーキですか？」

「っ!?　なんで」

わかったのかと慄《おのの》いていると指を立てて「秘密です」と言われた。

この人は人の心が読めるのだろうか。慎重に様子を窺った。

「もしかして他にも祝福の力を持っているんですか？　内密にした方がいいですよね？」

真面目《まじめ》に尋ねたのに、笑われた。

「いいえ、私が持っているのは『作り手の祝福』だけです。大袈裟《おおげさ》に言ってすみません。厨房《ちゅうぼう》のみなさんと話したときにあなたの好物と食べられないものを聞いたのです」

エルカローズの世話をすると決めたとき、ロジオンは早い段階で本館の厨房に挨拶に行ったのだそうだ。彼らの仕事を奪う謝罪と、できるなら食材を分けてほしいと言って、エルカローズの食生活について尋ねたのだという。身体が受け付けない食べ物のせいで不調を起こしてはならないと考えたからだった。

「なんでもきっちり召しあがるとのことでしたが、甘いものは特に喜ばれるようだと言ってい
ました。このところ私が食事管理をしているせいでお茶も間食もできていませんから、さぞか
し甘いものが食べたいだろうと思ったのですが、当たっていたようですね？」

悪戯《いたずら》っぽく笑われてしまったエルカローズは顔を覆《おお》って悶《もだ》え打ちたい衝動に耐えた。
浅黒い肌に短髪の無骨な女が甘いもの好き。失笑ものだ。いままで散々笑われたし、やっぱ
り女なんだなと見下されたこともある。

「す、すみません、似合いませんよね」

「好物に似合う似合わないはないと思いますよ？」

微笑まれるとますます恥ずかしかった。

そういう好奇の視線にさらされたことがないのだろう彼にエルカローズの気持ちはきっとわ
からない。曖昧《あいまい》な笑顔で話を終わらせて立ち去ろうとすると、手を取られて引き留められた。

「今日は具合がいいのですよね？　だったら一緒に来てくれませんか」

どうしようかと思ったが、退屈していたのは事実だったので頷いた。

連れてこられたのは古家の炊事場だ。

煤《すす》で汚れた漆喰《しっくい》の壁、煙突に通じる屋根の下には竈《かまど》があり、近くの壁には調理器具が吊《つ》るされている。自ら食事を作る場所があるのは、館の以前の持ち主が一人の時間を過ごすためにこの家を建てたからだと聞いているが、エルカローズが住むようになってからは使用人たちが掃除をするだけで使われていない。

それがいまや、干してある香草と煮炊きしたものの残り香《が》が漂う、管理者の目の行き届いたちゃんとした炊事場になっている。

「どうぞ、ここに座ってください」

ロジオンが持ってきた丸椅子に腰掛ける。足元でルナルクスが寝そべった。

その間に彼は材料と道具を次々に出してきた。小麦粉の入った袋、卵、蜂蜜、バター。瓶の中に入っているのは干した果物。不透明の濃厚な橙色《だいだいいろ》のクリームは何かわからない。

袖《そで》を捲《まく》ったロジオンは手を洗っている。

「何をするんですか？」

「いまからケーキを作ります。作り方はご存じですか？」

少女時代に実家の料理人と作ったことがあるがもう薄ぼんやりとしか覚えていない。そう正直に伝えると「素晴らしい経験です」とロジオンはにっこりした。

「では始めましょう。最初に、材料を使用する分だけ出します」

ロジオンは鮮やかな手つきで金属製の器を使って粉類を量り、バターを切り取り、クリームを取り出して、卵を割ってほぐしてしまう。

「深鉢《ふかばち》にバターを入れ、滑らかになるまでよく練ります。クリーム状になったら蜂蜜を入れて、たっぷり空気を含ませていきます」

がっがっがっと木べらを動かす豪快な音がする。固形物が半液状になるのもさることながら、捲り上げた袖から見える二の腕が見事にたくましくて目を奪われてしまう。あれはもしかしなくともかなり鍛えているのではないだろうか。

（いやでも聖者様が鍛える必要はないと思うんだが……？）

「ここに溶きほぐした卵を少しずつ加えて、混ぜます。なるべく少量で、馴染ませるようにするのがこつですね」

視線に気付いていないロジオンが、置いた深鉢に溶き卵を入れては混ぜていく。三度目になってエルカローズは慌《あわ》てて席を立ち、手を洗った後、溶き卵を加えるのを手伝った。

「このくらいですか？」

「はい。ありがとうございます」

白いクリームが卵の淡い金色に染まっていく。もっもっもっ、と掻《か》き混ぜているそれがバターと蜂蜜と卵とは思えないもったり具合だ。

「……これでも十分美味しそうですね」

「美味しいでしょうねえ。バターと蜂蜜を舐《な》めるのと一緒ですからね」

深鉢の中のものは元々の材料にたくさんの空気を含んで二倍くらいの量になっている。

「ここに小麦粉を半分より少ない量を入れて二度ほど混ぜて……さて、ここでケーキの味を決めるこちらを入れます」

なんだろうと思っていた橙色のクリームだ。だまが残る生地にそれを投入したが、ロジオンは匙を再び瓶に突っ込んで掬ったものをエルカローズの口に押し込んだ。

「っ！」

しまった。つい反射で咥《くわ》えてしまった。

そう思ったが、こっくりとした濃厚な甘味と刺激的な香りに心が満たされていく。舌の上で溶けるそれは果菜特有の甘さと青さを含んでいた。

「……カボチャのクリーム、ですね？　香り付けは肉桂《シナモン》？」

「当たり！」

満面の笑みを向けられてどきっとした。

「ここに干し果物と残りの小麦粉を入れて混ぜたら、生地の完成です」

もったりとろっとした生地を型に流し入れていく。干しブドウ、ベリー、レモンの皮などが彩りになるのだろう。焼き上がりが楽しみだ。

「焼けるまで三十分くらいかかりますから、お茶でもいかがですか？」

「いただきます」

ロジオンが出してくれたのは香草茶だった。差し出された瓶から蜂蜜を入れると、すっとした爽やかな味わいに何故かレモンの香りと酸味を感じる。

「……？　薄荷《はっか》のお茶ですよね」

「ええ。秘密は蜂蜜にあります。瓶に詰めた蜜の中に檸檬草《レモングラス》を沈めて風味をつけました。私がいた修道院ではこうした調味料を作って味付けに幅を持たせていたのです」

へえ、と相槌《あいづち》を打つ。エルカローズにとって光花神教会は、週末に礼拝があって、聖職者が地域のまとめ役であり地方では権威を持ち尊敬される人物で、というくらいの知識だ。職務に身近なところで言うと修道院に属する修道騎士が有名か。遠征に出て魔物と戦う彼らの勇猛さにあやかって各国に騎士団が置かれるようになったと伝えられている。

しかし大半は教えを守って静穏に暮らす人々だろう。出家せざるを得ず、そこでやっと平和を得られる人も多いと聞く。そうした人々の生活の知恵ということか。

「……ロジオン様もお幸せに暮らしていらっしゃったんでしょうね」

「そうですね。聖者として果たさなければならない責務はありましたが概《おおむ》ね幸せだったと思います。きちんと働いていれば暖かい寝床も食べるものもありましたから」

『幸せ』の基準が低い気もしたが、それが最も単純で最大の幸福なのだ。それらが当たり前に享受《きょうじゅ》できたエルカローズは幸運な一握りであるという自覚を持たなければならない。その分、使命や責務を果たすべきだとも。

（だからって予言で結婚しなければならないのは、なあ……）

「こんなことを言うと不安がらせてしまうと思いますが……これでも悩んでいました。聖者の称号を返上して神教会を離れ予言に従って結婚するとして、女神は何を成せと申されているのか、わからなくて」

ロジオンは苦笑している。温かい飲み物は彼の心をも和らげたようだった。

「祝福の力を使ってあなた方を癒やすのは恐らく私のいまの役目なのでしょう。けれどその先は？　結婚後に私は何をしなければならないのだろう、何がしたいのか、どのように生きたいのか。こんなに考えたのは神教会に引き取られて以来でした。あのときは『金』の聖者を名乗るのにふさわしい人間になるという指針がありましたが、今回はそれがない。けれど……」

『この世に弾かれることなく生きていけるなら何をしてもいい』

自らの台詞を聞かされる羞恥《しゅうち》で言葉を失っていると、ロジオンは笑みを溢《あふ》れさせた。

「……嬉しかった。ただの人間として生きることに負い目を感じなくていいのだと思いました。そして役に立たなければ生きていてはいけないと思い込んでいた傲慢を恥じました。そのとき見つけたのです、自分が何をしたいのか――」

エルカローズ、とロジオンの声は柔らかに視線を絡《から》め取り、その笑顔に導く。いつの間にか左手は彼の両手に包まれていた。

「あなたを存分に甘やかして差し上げたい。――これが、私が望む一つ目です」

指先が手の甲の薄い皮膚を撫でる、甘いくすぐったさに身震いした。

次の瞬間ロジオンは手を離して後ろに退いた、その刹那《せつな》。

「がうぅっ！」

「うわっ⁉　こら！　だめだろう！」

唸り声を上げてルナルクスが噛みつきを繰り出す。エルカローズは飛び退《の》きつつ鋭く叱った。

強い叱責《しっせき》に、ルナルクスは「きゅーん」と身を竦《すく》めてその場に伏せる。

「嫉妬《しっと》されてしまったみたいですね」

「え？」

石窯《いしがま》を覗き込みに行ったロジオンはエルカローズの聞き返そうとする声に反応しなかった。

独り言だったらしいので問いを重ねるのは止めて、膨らんだケーキに串を刺す動きを見守る。

やがて彼は乾いた布を手袋代わりに、石窯から型を取り出し調理台の上に置いた。両手で何度か落とすようにしてひっくり返し、間を置かずに型を揺らすようにして引き上げると、ふかっ、とも、ぽわっ、ともつかない絶妙な膨らみのケーキが姿を現した。

「どうぞ、召しあがれ」

ロジオンが小刀を入れ、切り分けた一つを載せた皿をエルカローズに手渡す。

ケーキ特有の香りが辺りに漂っているが、まだ湯気を立てているそれはさらに甘い、いい匂いがする。早速かぶりついて、はふっと息を吐いた。

ほろりと崩れる生地は、卵がカボチャの甘さを引き立てていた。バターの風味、肉桂の香り、そして干し果物のかすかな苦味が大人の味わいだ。軽くはないが、それがいい。甘いものが食べたい欲求を満足させてくれるケーキだった。

ロジオンは小さく切ったものをルナルクスにも与えたが、健康を考えた大きさだったので一口で食べられてしまう。

エルカローズも似たようなものだ。甘いもの、かつ質量のあるものにずいぶん飢《う》えていたらしくあっという間に胃に収めたが、にこにこと見守るロジオンに気付いて急いで頭を下げた。

「ありがとうございました。美味しかったです」

「こちらこそ。冷ますとしっとりして重くなりますから、明日の楽しみにしておいてください」

本館にお裾《すそ》分《わ》けしましょうと言いながら残ったものを半分にして布巾をかける。後で持っていくのだろう。

「似合うと思いますよ」

「はい？」

「あなたの好物がケーキであること」

何を言い始めたのだろうと思ったが、ロジオンの中では話が繋《つな》がっていたらしい。

「あなたにとっての『ケーキ』は白くてふわふわした甘いものなのでしょうが、こういうしっとりと濃く刺激的な香りのするケーキもあります。だから似合わないなどということはありません。それに何かを好きだと思う気持ちは誰におもねる必要のない感情です。笑う方が間違っています。大馬鹿者です」

「お」――大馬鹿者とは。聞いてはいけないものを耳にしてしまったエルカローズは顔を引きつらせたが、ロジオンはどこまでも優しい顔をしている。

「あなたが自らを恥じてしまったとき、私の言葉を思い出してください。あなたはとても魅力的な人ですよ。そしてこれからもっと素敵な人になります。自分の心を傷付けるような真似をしなければ、あなたという花は必ず美しく咲き誇ることでしょう」

彼の言葉は別の誰かのことを語っているように思えた。

まるで実感がなくてぼんやりしているとロジオンは笑みを深め、部屋に戻るよう促《うなが》した。

「長々と引き留めたので疲れたでしょう。ルナルクス、エルカローズをお願いしますね」

「わふ！」

「片付けを」と言ったのを「大丈夫です」と遮《さえぎ》られ、お守りをつけられてしまったエルカローズはそれ以上の活動を諦《あきら》めて、大人しく寝室に戻った。

寝台に入ると、後ろ足で立ち上がっていたルナルクスは見守りを終えたとばかりに足を下ろし、床で丸くなった。

（なんだか、ただの散歩のはずだったのにすごく色々あったような）

彼の声の響きや触られたときに感じた熱を思い出すと落ち着かない。ロジオンはエルカローズが知るどの男性よりも穏やかなのに時々怖いような気持ちになる。

もっと知りたい、けれど深みにはまると抜け出せない予感がして大きく踏み込めない。

(でもきっとそれでいい。あの人は私のものにはならないし、そうすることはできない)

もっとロジオンを求め、慕う人たちがいる。ぽっと出のエルカローズなどではなく彼の来歴を知って、彼の夢を支え、彼とともに人々を救おうとする人物こそ、伴侶《はんりょ》にふさわしいと思うのだ。

(予言なんて)

枕に顔を埋《うず》めて呟く。

「予言なんて、なければ……」

ロジオンはそのままのエルカローズと向き合ってくれただろうに。

考えても仕方がないなと息を吐いて眠る体勢に入り、わだかまる悔しさや悲しみに蓋をしただけで消え去ったわけでないと重々承知して、目を閉じる。

——予言がなければ出会うことはないという矛盾には気付かなかった。そう思ったことがどんな気持ちを意味するのかも、いまは、まだ。

やっと床上《とこあ》げが許された日の朝食は、茸《きのこ》のスープと本館で作った焼きたてのパンだった。

献立も量も健康的な食事に、心身ともに気力が満ちていく。

一方のルナルクスも以前はふとしたときに傷を舐めていたが、その癖が出なくなっていた。

「ご馳走《ちそう》様でした。今朝もとても美味しかったです」

「そうですか。よかった。これでひとまず全快ですね」

すっきりした気分で礼を言うと、ロジオンは胸を撫で下ろしている。

「私たち、ようやく結婚できますね」

「はっ!?　え、いや……あの……」

考えていなかったわけではなかったがなるべく避けていた問題だった。

「いますぐではありませんが今後のことを話し合っていきましょう。式の準備には時間がかかりますから」

「今日の予定なんですが！」

小細工なしに話題をぶった切る。

これが剣技だとしたら師である祖父に「未熟者！　素振り五百回！」と怒鳴られただろう。

目を瞬かせるロジオンを無視して強引に話を続ける。

「掃除と菜園の手入れをしようと思っています。ルナルクスも洗います」

ルナルクスが動いたが、逃げ出す前に言い聞かせる。

「これから本館に出入りすることになる。ついてくるなら汚れたままはだめだ。ちゃんと身綺麗にしてほしい」

「……きゅうーん」

切ない声で鳴いて、ルナルクスは前足に顎を乗せて伏せた。物悲しげなのは従うしかないと理解しているからだ。思わず笑みを零すと恨みがましそうな顔をされたが、ロジオンはいいことだと手を打った。

「掃除はいいですね。澱《よど》みを払い、清らかな気を呼び込むには最適な作業です。けれどエルカローズ、手伝いが私一人では時間がかかりすぎます。本館から応援を呼んで、掃除を任せるのはどうですか？」

一人でやるつもりだったが、それを聞いて考え直した。

同じ敷地内にいながらも主人であるエルカローズが不在にしているせいで使用人たちは手持ち無沙汰《ぶさた》になっていることだろう。ただでさえわがままで彼らを遠ざけているのに、主人の行動を知らせないのはよろしくない。快癒《かいゆ》を示すためにも手伝いを求めるのは自然なことか。

「そうですね。そうしましょう」

それにロジオンの提案は使用人たちと普段からそうした話をしているからだろう。良好な関係を築けているらしいことが嬉しいと同時に、申し訳なさが募《つの》る。

シャツとズボンに着替えると、身も心も引き締まる。

（……いまさらだけど私、とんでもない格好でロジオン様と過ごしていた、な……？）

寝間着の抜け殻を前に「やらかした……」と一人密《ひそ》かに赤面する。最初はあまりに症状が辛くて、その後は患者と看病人の関係に慣れてしまっていたからだが、寝間着姿を毎日さらしていたエルカローズはもう少し早く恥じらうべきだった。

遅すぎる苦悩を一通り味わい、なんとか頭を切り替えた。

二人と一匹で本館に行き、ロジオンに頼んでゲイリーとセレーラを表に呼び出してもらう。

「まあ、まあご主人様！　ずいぶん顔色がよくなられましたわね」

「家のことを任せきりにしてすまない。今日床払いしてこちらに戻ろうと思う。そのうち出仕するつもりだからよろしく頼む」

目を潤《うる》ませたセレーラとゲイリーは「かしこまりました」と深く頭を下げた。

だが二人は無意識に後退《あとずさ》りした。エルカローズの足元に当たり前の顔で座っているルナルクスがどうしても目に入るからだった。

「今日の予定なんだが……」

どうすればいいのかと強張《こわば》った顔をする彼らを落ち着かせるように、エルカローズは敢《あ》えてそのことには触れず、今日の計画を伝える。

「……ということで手伝いが欲しいんだ」

「かしこまりました。手隙の者を向かわせます」

「旦那様。ご主人様は今後もあのような不調に見舞われてしまうのでしょうか？」

快くゲイリーが答える一方、セレーラが心配そうな面持ちでロジオンに疑問をぶつけた。

「ルナルクスが再びエルカローズを呪うことがあれば、そうなります」

「旦那様のお食事を召しあがれば危険はございませんよね？」

「過度な期待は持たせたくないので率直に言います。――わかりません。けれど呪いが多少重くなったとしても祝福の力で治癒させることはできるでしょう。いまは、ですけれども」

するとセレーラは表情をきりりとさせてゲイリーに向き直った。

「魔獣がこの館にいる限りご主人様が全快したとは言えないでしょう。旦那様にはご主人様のために料理を作ってもらわねばなりません。ですからゲイリーさん、この機会に厨房を掃除しましょう。食料庫や食器室、井戸周りも。しばらく使っていない食堂も徹底的に磨きたいわ」

「ご主人様、いかがなさいますか？」

セレーラは熱心な口ぶりだが館全体を巻き込む大仕事となるのは必至だ。困り顔のゲイリーはエルカローズに裁可を求めた。

「お願いします、ご主人様。普段の仕事に差し障りのない範囲にいたします」

それに、とセレーラは胸の前で両手を握り合わせた。

「ずっと気にかかっていたんです。旦那様をお迎えするために準備していたはずが、あの小家《しょうか》でお過ごしにならざるを得なかったためにすべてご覧いただけなかったこと。ご主人様と旦那様が本館で生活を始めるなら、もう一度旦那様をお迎えするためにこの館を美しく整えたいんです」

　なんとしても掃除がしたいという主張にはロジオンへの思いがあったらしい。

「何か急ぎの仕事はあるか、ゲイリー？　来客の予定は？」

「ございません、ご主人様」

　それを聞いてエルカローズは決断した。

「なら、やろう。セレーラの言う通りだ。私ももう一度ロジオン様を迎える準備をしたい」

　もちろん他の仕事に影響しないよう調整しようと言って、ゲイリーも最後には頷いた。彼もまた呪いのせいで当初の予定が台無しになったことが気にかかっていたのだと、後からセレーラに教えてもらった。

「それじゃあルナルクス、行こうか」

「エルカローズ、手伝いますよ。この子の大きさではあなた一人だと荷が重すぎます」

「お二人も掃除をなさるのではないのですか？」

　そういえば自分の予定を話すのを忘れていた。

「私はルナルクスを洗う」

　三秒後、ゲイリーとセレーラの悲鳴が響いた。

　危ないことは止めてください、考え直して、と言葉を変えながら二人はエルカローズを思い止《とど》まらせようとしたが、何度言われても考えは変わらない。

「みんなはルナルクスに近付けないんだから私がやる。手伝えるのもロジオン様だけだ。二人でこの子をお風呂に入れる」

「エルカローズの具合が悪くならないよう、私が見ていますから」

説得を重ねた結果、二人とも最後には心配を飲み込んで恭《うやうや》しく送り出してくれた。

さてルナルクスを洗うとなると大仕事だ。たくさんの水が必要だし、伸びすぎた毛を刈った方がいいだろうし、爪の手入れもしてやりたい。洗った後には風邪を引かないようきちんと乾かしてやらなければならないので浴布《よくふ》も十分に用意したいところだ。

しょぼくれたルナルクスを井戸まで連れてくる間、ロジオンが石鹸《せっけん》やら布やらを準備してくれた。彼が戻ってくる頃には、館で大掃除が始まったらしく賑《にぎ》やかな声が聞こえてきた。

「くぅーん……」

懇願《こんがん》するようにルナルクスが鳴き、鼻面を押し付けてくる。

「甘えてもだめ。絶対に譲らない。私はずっとお前をお風呂に入れたかったんだから」

「おやおや、意気地《いくじ》なしですね」

にこやかにからかうロジオンにルナルクスは「ばうっ！」と吠えた。

そうして決然とした顔つきになった。覚悟は決まったらしい。

「始めましょうか」

そう言って、ロジオンがその汚れに汚れて毛がもつれた身体を盥《たらい》の中に押さえ込む。

「ルナルクス、いくぞ！」

エルカローズが桶の水を浴びせかけると「ひぃん」と甲高い鳴き声が響いた。

可哀想に、ぶるぶる震えている。よっぽど水が嫌いらしい。

だが一杯で済ませられるはずがない。濡れると余計に臭いがひどくなり、ロジオンが身体に石鹸を滑らせるがなかなか泡立たなかった。汚れすぎているせいだ。

「手強《てごわ》いですね、これは」

「もう少し水をかけます。ルナルクス、頑張れ」

毛がしっとりとする頃には盥の中は真っ黒になっていた。一時中断して水を替える。

「うわっ⁉」

「んっ」

次の瞬間細かな水の礫《つぶて》に忙《せわ》しなく顔を叩かれてエルカローズとロジオンは息を詰まらせた。獣の本能で水滴を振り飛ばしたルナルクスはすっきりした顔だが、こちらは散々だ。お互いのシャツにも顔にも黒い汚れが飛び散っているのを見合って、噴き出した。

「なかなかの重労働ですね」

「終わったら私たちもお風呂に入るつもりでやりましょう」

俄然《がぜん》やる気が出た。挫《くじ》けることなく立ち向かってくるエルカローズたちを前に、ルナルクスは尻尾を後ろ足に挟んで座り込む。目はうるうるして耳が寝ていた。完全に怖がられているが諦めてもらうしかない。

ロジオンは両手を使ってルナルクスの全身を洗い、エルカローズは汲《く》んだ水で濯《すす》ぐ。途中で何度か役目を交代して続けると、黒くなっていた泡は次第に白さを留めるようになってきた。

途中、意外な事実も判明した。洗ってわかった――ルナルクスは雄だった。いまは大型犬くらいだが、魔獣なのでいずれ馬くらい大きくなるはずだとロジオンが言った。

ルナルクスは恐怖の時間が過ぎ去るのを震えて待っていたが、やはり本能的にどうにもならないらしく、時折全身を大きく振って水の雫《しずく》や泡を浴びせかけてきた。

「わっ!? ルナルクス、もう！」

文句を口にしながらもエルカローズは笑った。

入浴は楽しいことだと思ってもらいたかったから、気持ちを少しでも明るくしようと、布の両端を結んだもので引っ張り合ってみたり、庭の花を摘んで水面に浮かべたりした。

「ほら、花だぞ、ルナルクス」

きらきら光る水面にロジオンが映り、顔を上げると目が合ったのでにこりとした。

「綺麗ですね、ロジオン様」

「…………」

「ロジオン様？」

反応がないことを訝《いぶか》しく思ったエルカローズが窺うと、彼はゆるりと瞬きをして、いつもの微笑みを浮かべた。

「大丈夫ですか？　もしかして体調が優れませんか」

「いいえ。眩《まぶ》しいな、と思っただけです」

正午近くなってきたので太陽は眩《まばゆ》さを増しており、裏庭に面した館の窓はすべて開放され、ところどころシーツや毛布が干してある。風が渡ってそれらがそよぐのは快い光景だ。いい日和の象徴のような一日だと思う。

「そうですね。目が眩《くら》むような青空です」

「はい。眩しいです。胸が少しどきどきしています。でも大丈夫、理由はわかっていますから」

そうなのか、と思ったけれど、どうしてそんなに目を細めてこちらを見るのか。

「……ゥぉん」

ルナルクスは気落ちした様子で、水に浮かぶ白や紫のアスターを鼻先で突いている。

「夕食を豪華にするよう言っておくからな」

冷たい頭を撫でて励ます。

ルナルクスはまだ不安そうではあったけれど、ゆらゆらと浮かぶ花を見ていると多少は気が紛《まぎ》れたようで沐浴《もくよく》を再開しても耐えてくれた。

そうして午後の最も暑い時間が過ぎた頃。

「よし、終わった！」

額の汗を拭って宣言した瞬間、ルナルクスは盥から飛び出して思いきり全身を震わせた。

エルカローズとロジオンが二人がかりで大きく広げた浴布で身体を覆い、水気を拭き取っていく。そのときに足の傷を診《み》るが、膿《う》んでもいないし血も出ていなかった。

「怪我《けが》がよくなっているみたいでよかった……あっ、ルナルクス！」

だが一通り拭いたところで逃げられてしまった。

追いかけようとすると逃げる。浴布を広げたままエルカローズはため息をついた。

「身体が冷えているでしょうに、乾かさないで行ってしまいました」

「日向《ひなた》にいればそのうち乾きますよ。泥遊びをして戻ってこないよう祈りましょう」

戻ってきたら濡らした布で全身を拭いて、毛を梳《す》いて爪を切らなければならない。ルナルクスを身綺麗にするのはなかなか骨が折れる仕事だ。

大仕事が一つ片付いたところでいよいよ菜園の手入れだ。土いじりをして汚れるだろうから着替えはせず、終わったら湯浴《ゆあ》みをしようと考える。

「私はこのまま菜園に行きます。ロジオン様は……」

「お供します。是非庭を案内してください」

部屋に戻ってゆっくりしてもらって、と言うつもりが先手を打たれてしまった。だが館の案内もろくにできていないのだ。いまさらだが庭くらいは一緒に見て回るべきだろう。

「わかりました。行きましょう」

館の裏手から庭へ降り、菜園に続く道を歩く。

案内すると言っても、植えているものや季節の花のことくらいしか話題が思いつかない。何も言わないよりはましかと思うものの、多分この程度のことはロジオンの方がずっと詳《くわ》しいはずだ。うんうんと優しく聞いてくれているがつまらないのではないかと心配になってくる。

当たり障りのない会話は教養として仕込まれているが得意でない自覚もあって、そのうち会話が途切れてしまった。

「そ、そろそろ菜園に行きましょう」

居心地の悪さから逃げ出すように早足になる。内心では謝罪の乱舞だ。

（ううう、すみません上手く喋《しゃべ》れなくて！　口下手《くちべた》なんです！）

さあっと風が通り抜ける。

つられて目をやって、菜園の緑と土の香りに心を慰められた。

やらなければならないことが順番に浮かんでくる。

水やり、剪定、花がら摘みや手つかずになっている花壇の植え付け。病気に罹《かか》ったものを見つけたら薬剤を散布しなければならない。

道具を準備して手袋をして、いざ、というところでロジオンと目が合った。

「何をお手伝いすればいいですか？」

「あ、あー……っと、その、じゃあコスモスとサルビアの花から摘みを……」

橙色と赤と青の花壇を指すと「わかりました」とロジオンは嫌な顔一つせず作業を始めた。

しばらく見守っていたが手つきに危なげがないので、大丈夫そうだとエルカローズは自分の仕事を始める。

水やりは夕刻にすることにして、まずは植え付けをしてしまうことにした。

新しく植えるために空けていた休耕地に入り、鍬《くわ》を振るう。

倒れる前に土作りは終わっていたのだが、花苗を植えるために硬くなってしまった土を掘り返す作業から始めなければならない。

しゃきん、ざくん、と小気味いい音を響かせながら、土にたっぷり空気を含ませていく。石や木枝は取り除いた。本来ならこの後に石灰や堆肥《たいひ》を混ぜるのだが今回は省く。

手の中で握った土が固まり、揉《も》むとすぐほぐれるようになったら理想の状態だ。

ここに花苗を植えていく。

それだけの作業だが汗がつうっと流れてくる。とても心地いい。

(やっぱり身体を動かすのはいいな。土に触るのも気持ちがいい)

水を含んだ冷たい土の香りが落ち着くのは幼少期の思い出のせいだ。

実家がごたついたためにしばらく親元を離れて祖父母とともに暮らしたエルカローズは、伯爵令嬢であることを忘れ、村の子どもと泥だらけになって遊び回り、祖母の手伝いや庭の手入れをして、祖父に稽古をつけてもらっていた。戻ってからはそうした自由を制限されてしまったから、家を出たいまになって土いじりを趣味にしてしまったのかもしれない。

植え付け用の小さな鉢の苗は活発そうな細身の葉が特徴だ。ぎゅっぎゅっと気持ちを込めるように両手を使って植えていると、視界の隅《すみ》で灰色の塊《かたまり》が動くのが見えた。

「わんわん、わんっ」

いつの間にかいたルナルクスの声にエルカローズは顔を上げ、こちらを見るロジオンに気付いて笑みを零した。

(綺麗な人は花が似合う)

ロジオンのような人に見てもらえて花たちも嬉しいことだろう。そう思っていると、彼がこちらにやってきた。

「何を植えているのですか?」

「ラベンダーです。野菜ばかりではなんですから花を植えようと思って」

「いいですね。修道院でもお茶にしたり煮出したものを化粧水として使ったりしていました。そういえばお隣の国にラベンダー畑で有名な修道院がありますね」

嬉しそうな笑顔が本音だと感じられたのは、土が力をくれたからかもしれない。

この人は花と緑と生活をともにすることを当たり前に感じられる人で、お世辞抜きにそうしたものを好ましく思い、大事にできる人なのだ。

(ちゃんと……ちゃんと、考えよう。ロジオン様との結婚について)

やらなければならないこととしなければならないことの妥協点を見つければ、お互いに不安を和らげることができる。この人とならそれが叶うはずだと信じられる。

いま植えているこの花が咲くとき、自分たちの関係はどうなっているだろう。

蒔《ま》いた種がすべて芽吹くとは限らない。植えた苗が枯れない保証はない。だから花が咲くという約束はできないのだ。

それでも、と、口を開く。

「花が咲いたらロジオン様の好きに使ってください。お茶にしようと料理に使おうと自由に」

「いいのですか?」

「菜園のものを大切に使ってくれたお礼のようなものです。次に植えるものをあなたのための花にできるなら、私にとっても嬉しいですから」

ラベンダーが咲くのは早くて四月で、いまから半年近い時間を要する。

つまり少なくともそのときまで一緒にいようという誘いだった。

含んだ意味に気付いたのだろう、ロジオンは目を丸くし、戸惑いに視線を彷徨《さまよ》わせてから、嬉しくてたまらないといったように口元を緩めた。

「……ありがとう、ございます。花が咲くのがとても、とても楽しみです」

別の世界の人のように思えたロジオンが、エルカローズと同じ視線、同じ場所で同じものを見て、想いを馳《は》せている。

この先のことをまったく予想できなくとも、花を待ち望むように良いものであることを願う。

このときエルカローズはこの人なら大丈夫だと思った第一印象が間違っていないことを確信したのだった。


それから湯浴みをして支度をし、白いシャツに革の胴着を締めてスカートを着たエルカローズは、ロジオンと二人美味しい夕食に舌鼓《したつづみ》を打った。急だったが料理人たちは最大限の努力をしてくれて、詰め物入り鶏の丸焼き《スタッフド・ローストチキン》を中心に、前菜から食後の菓子まであの日と遜色《そんしょく》ない豪勢な料理が並んだ。焼きたてのパンを美味しいと褒めたロジオンは作り方を知りたいと従僕を通じて料理長に言伝《ことづて》していたから、楽しんでくれたはずだ。

その後はそれぞれの部屋に引き上げた、のだが、二階の南にある自室の黒木の扉の前でセレーラとミオンが待っていた。

「どうした、二人とも？」

「お話がございます、ご主人様。とりあえず中に」

「え？　あ、うん」

セレーラとミオンを招き入れてしばらく。

声なき悲鳴が上がった——その数十分後、幾分かやつれた面持ちで二階の談話室を目指すエルカローズがいた。

セレーラとミオンのやりきった顔を反芻《はんすう》してやれやれとため息をつくと、金鎖の耳飾りがしゃらりと音を立てる。着飾った自分は、落ち着かない。

(戻ってきたことを喜んでもらえて何よりだが、この格好のことははしゃぎすぎだな。度が過ぎないよう釘《くぎ》を刺しておかないと)

今日受け入れたのはこれまで不在にして苦労をかけたお詫《わ》びを兼ねたこと、そして晩餐《ばんさん》のときの装いが地味で女性陣には不満だったとわかっていたからだ。

滑らかな淡金色《ペールゴールド》を基調としたドレスは、襟《えり》ぐりを大きく開いて鎖骨と首の細さを強調する一方、切れ込みの入った膨らんだ袖を三つ重ねつつゆったりさせて優雅さと柔らかさを出している。金糸でブドウの葉の意匠《いしょう》を一面に刺繍《ししゅう》した下衣を内側に、無地ながらもしとやかなきらめきを放つ上衣を外に合わせ、腰には白珠の紋章飾りを巻いていた。靴はドレスに合わせた色で、踵《かかと》が少し高い流行《はや》りの形だ。

短い髪はそのままに、金の髪飾りを着けた。耳には涙のように鎖に下がる真珠を飾り、顔は薄く化粧を施してある。

セレーラたちは「旦那様なら談話室にいらっしゃいましたよ！」と半ば追い立てるようにして当人の心境などお構いなしに送り出したのだが、エルカローズの足取りは少し重い。

(二人が選んでくれたんだから似合わないわけじゃないと思うけど、突然この格好で現れたら何事かって思われそうだ……）

辿《たど》り着いた談話室の入り口から中の様子を窺うと、いた。

足の低い椅子に腰掛けたロジオンが読書をしており、絨毯《じゅうたん》の上に獣が寝そべっている。そういえば着替えの最中、姿を見ていなかった。

「……ルナルクス？」

ぴくりと耳を動かしたのは白銀の獣だ。

毛並みはつやつやふわふわ、尻尾はふさふさ、色は銀を帯びた白で、冴《さ》えた青の瞳というどこか神々《こうごう》しさすら感じられる姿だった。白い体毛が作る流れが細面《ほそおもて》に品を与え、ぴんと高く立った三角の耳は宝冠のように見える。まるで獣の王子だ。

見違えた姿に目を丸くしていると、身を起こしたルナルクスが駆け足でやってきてじゃれつき始めた。きらきらした布と裾がひらめくのが面白いらしい。前足を泳がせながら尻尾がふさっふさっと動くのが愛らしく、エルカローズは笑った。

「ずいぶん綺麗にしてもらったんだな。見違えたよ」

「わうっ！　くぅーん、きゅーん」

「いま『お前もな』って言ったな？」

くすくす笑いながらルナルクスを連れて談話室に入る。綺麗になったという自負からか、彼はいつも以上にエルカローズにまとわりついて、早く座れ、近くに来いと跳ね回る。祖父母の家にいた猟犬のことを思い出しながら、「わかったわかった。静かにしなさい」と淡々と言い聞かせた。獣の興奮に合わせると躾《しつけ》にならないからだ。

絨毯の上に腰を下ろすが、まとわりつくルナルクスには構わずにロジオンに目をやると、じいっとこちらを見つめる緑の双眸《そうぼう》にぶつかった。夢でも見ているような顔をしている。なんということはない、見違えたのはエルカローズも同じで、彼を驚かせたのだ。

エルカローズも見慣れない姿について話すのはまだ照れくさい。気後《きおく》れを誤魔化《ごまか》すようにルナルクスの白い背中をふかりと撫でた。

（うわあ、もふもふだ）

背中全体を優しく掴《つか》むように少し硬い毛の奥をほぐすつもりで、もふっもふっと撫でると、気取っているようだったルナルクスはもぞもぞと動き出し、お腹《なか》を見せるように位置を変えた。気を良くしたエルカローズは勢いづいて、首から耳の付け根、顎下、眉間《みけん》と大胆に撫で回す。

（もふもふ。もっふもっふ）

以前とは段違いの触り心地にうっとりしてしまう。笑ってしまいそうになりながら、ゆっくりにしたりわしわし荒っぽくしたり変化をつけると、ルナルクスは深い息を吐いて緩やかに瞬きをし、ときには目を閉じた。そんな反応を見るのが楽しくていつまでも撫でてしまえそうだ。

「えいっ」

ルナルクスの首元に顔から飛び込んで、すうっと息を吸う。

日向と石鹸の、幸せそのものの香りがする。くすくす笑う声が響くらしくルナルクスが前足でかしかしと床を掻いた。

（ふかふかぁ……このまま眠ってしまいそう……）

緩みきった顔で最高の位置を探していたとき。

「あ」

ロジオンと目が合い、声が重なる。

夢中になっていた自分に気付かされて、エルカローズは頬を赤くしながらそそくさと居住まいを正した。綺麗な格好をしていてこれでは台無しだ。ロジオンはさぞかし呆れただろう。

「子どもっぽくてすみません……」

「楽しそうで何よりです。時間をかけて毛を梳いたかいがありました」

笑いを噛み殺して、ロジオンは首を振った。

伸びた毛を整え爪も切るなどして磨きあげたのはやはり彼だったらしい。

だが、ふんっ、と鼻息を吐いた険しい顔のルナルクスは不本意だったようだ。入浴に加えて毛を梳かれたのを玩具《おもちゃ》にされたように感じているのかもしれないが、対するロジオンはにこにこしていてまったく堪《こた》えた様子がない。

（対照的というか、正反対すぎていっそ相性がいい感じがする）

ルナルクスが聞いたら抗議の声を上げそうなことを考えていると、「それで……」とロジオンはエルカローズを視線でなぞりながら言った。

「その素敵な格好はいったい誰のためですか？」

「えっ」

ある意味核心をつく問いに頭の中が真っ白になる。

「ええと、その、セレーラとミオンが、あの……」

「そういえばミオンは服飾や流行に詳しい人でしたね。セレーラもご実家で勤めていらしたそうですから、あなたによく似合うものをわかっているのですね」

何もかも知っているかのように言われたが、エルカローズが感じたのは安堵《あんど》だった。

「……よかった」

「え？」と今度はロジオンの方が意表を突かれている。

「みんなと上手くやれているんですね。私が仲を取り持つべきなんですが……面目ないです」

あなたの庇護者《ひごしゃ》になるはずなのに、と呟いて肩を落とす。

ロジオンを迎えてから、いやその前からエルカローズは力不足を突きつけられている。彼が幻滅する素振りすら見せないのが、逆に彼の心の大きさを感じさせて苦しかった。

「名前だけだとよく言われるんです」

言い訳めいたことを口にしながら苦笑いを浮かべる。

「私は近衛騎士を拝命するときに騎士爵という一代限りの称号を賜っています。騎士爵の祖父母の下《もと》に生まれた父は伯爵令嬢だった母と結ばれたので、一応伯爵令嬢でもあるんですが、そうしたきらびやかな称号と見た目がどうも釣り合っていないようなんです。お会いする方を残念がらせてしまうといつも申し訳なく感じます」

「残念、ですか」

「きつめの顔立ちでしょう？　色黒ですし、男物の服装で動き回るのが日常で、社交も会話も苦手。花を愛でるといっても土に触れて育てるところから始めたい」

この国での器量良しの条件は、容姿はもちろんのこと、日焼けなどしない真っ白な肌と労働を知らない美しい指先、社交上手が当たり前だ。

エルカローズはそれらから大きく逸脱《いつだつ》している。そして意地っ張りだ。変わっていると知りながら自分を変えたくないと思っている。

でも時々無性に寂しくなる。これでいいのかと足を止めて周囲を窺ってしまうのは、このまま一人きりで生きていくのが怖いからだ。

ロジオンは歪《いびつ》な笑みを浮かべるエルカローズを見つめ、肩を落とした。

「……あなたはずっと自分自身ではなく私や周りのことを考えてばかりいますね」

責める口調ではなかったのに息が詰まった。

慰めも助言も口にしないロジオンは、自分の言葉がエルカローズの心にどのように作用したのか重々承知しているようだった。

「そんなあなただから優しくしたいと思ってしまうのでしょうね」

ロジオンはエルカローズの両手に何かを握らせる。

護符と呼ばれる魔除《よ》け飾りだ。エルカローズの手のひらより一回りほど小さいそれには、毛並みも艶《つや》やかな黒い狼《おおかみ》が駆ける姿が刺繍されている。その周りを取り囲む白い花々はすべて形が異なり、同じ白でも色味が違う。

「『呪いを打ち消しますように』という祝福を込めたものです。完全に防ぐことはできなくとも少しはお守りになると思います」

ぎょっとした。

「い、いただけません！　こんなに手が込んだ、あなたが作ったものを私なんかが」

「いけません、エルカローズ」

物柔らかに言いながら、エルカローズの手を再び閉じ込める両手の力は強い。

「『私なんか』ではありません。あなたは私の伴侶です。私は大事な妻のために作ったのですからそんな言い方はしないでください」

妻という言葉で一撃、「それとも」と眉尻を下げた表情で二撃目を心に食らう。

「余計なお世話でしたか？　もしそうなら……」

「そんなことはありません！　そんな人間はこの世に一人もいません！」

「うおん!?」

微睡《まどろ》んでいたルナルクスが寝ぼけ顔で身を起こす。

エルカローズを窺うようにそわそわと動き回ると、ロジオンとの間に身体を割り込ませるように伏せ、くあっとあくびをした。護符を握りしめて前のめりになっていたエルカローズは「す、すみません」と言って熱くなりすぎた自分を律しながら元の位置に戻る。

「ロジオン様の気遣いはとても嬉しいです。私を受け入れようとしてくれることも」

胸がかすかに締め付けられた気がして、息を継ぐ。

「けれど私との結婚はあなたの大事なものを奪う。だから厚意を喜んでいいかわかりません」

それに好きでもない私と結婚するのはどうかと思う。

その本音は、飲み込んだ。言ったところで「予言ですから」と返されるのが目に見えている。手の中には美しい護符がある。ロジオンは針仕事も得意らしい。だが結婚によって大きな代償を支払わせるエルカローズが持つには、素晴らしすぎてふさわしくないように思う。

「あなたが気に病むことはありません。予言を受けて、承知の上でここに来ましたから」

自らと自らが作り出すものの価値を知らないかのように柔らかに慰めを口にする。

そういうところです、と言う代わりに息をついた。

「ロジオン様は繰り返しそう言いますが、力が失われて本当にどうとも思わないんですか？」

「惜しいと思わないこともないですけれど」と前置きするとロジオンは微笑を添えて続けた。

「私の結婚が予言されたのなら、その力はもう必要ないとカーリアが申されているのです。祝福の力、それすなわち光花神の導き。力を持つ聖者はカーリア女神に代わって人々を救《たす》けよと告げられているに等しい。ですが女神は私の使命の終わりを告げてくださったのです。それはとても素晴らしく、喜ばしいことでしょう…………どうかしましたか？」

はてな、と首を傾げるロジオンの曇りのない笑顔が辛い。

エルカローズは顔を覆うと肩を落として深く深くため息をついた。

「…………あなたは天性の聖者ですね……」

どうすればこんなに清らかな人間になれるのだろう。

祝福は特権だ。光花神に選ばれた証《あかし》であるそれに執着して当然のはずなのに、彼は手放すことを気にかけた様子がない。まるでその力を自分のものだと思っていないようにも思える。だからこそ『金』の聖者に選ばれたと言うべきなのか。

恐らくエルカローズはロジオンに口で勝つことはないだろう。

同じような応酬を交わすのは不毛だ。折れるとすればエルカローズの方だろう。予言は曲げられずロジオンがそれに従っているだけなら、我を張っている方が悪い。

（『いまは』快く承諾できない。なら時間をかけていくしかない）

大きく息を吐き、意識を切り替える。続けて耳をぴんとさせているルナルクスをわしわしと撫で、護符をぎゅっと握りしめると、ロジオンに向き直った。

「ロジオン様」

「はい、エルカローズ」

「婚姻を成していいものかまだ迷いはあります。お互いのことをまだよく知らないし、育った環境も生活習慣も異なっていて、心地よい日々を送れるかどうかもわかりません。そしてたとえ不和が生じても私たちは結婚しなければならない。『予言だから』です」

自分たちがどれだけ抵抗して逃げ切ったとしても。

これは予言だ。世界の半分を魔が覆うという未来を何としても食い止めようとする、そうした人々によってエルカローズとロジオンは結婚させられる。必ず。

予言の成就とはすべての流れが自然にそちらに向かうだけではない。知らしめることによって大勢の人々が介入する凶暴な強制力も含んでいる。ルナルクスのことを相談したときの司教たちの反応がその例だ。

「だからといって急に夫婦にはなれません。けれどお互い不幸にならないために少しずつ距離を縮めていくことはできると思うんです」

少しでも夫婦らしく。

恋愛も結婚も遠かった者同士、それらしい関係に近付けるよう努力する。これがエルカローズの妥協点だった。

「はい。是非そうしましょう。この出会いを良いものにするために」

ロジオンには何の異存もないようだ。わかっているんだろうかとちらっと思ったが、ここで立ち止まると話が進まないので、しばらく様子を見ることにする。

だが少なくとも答えを聞いてエルカローズはようやく自らに折り合いをつけられた。

「ありがとうございます。よろしくお願いします」

「こちらこそよろしくお願いいたします」

ロジオンの手がエルカローズの肩にかかる。

頬に触れたのは彼の唇。

声を上げる間もなかった。エルカローズは硬直し、離れたロジオンの笑顔を見るなり顔を真っ赤に染め上げた。

「い、いけませんこんな……よく知らない相手に気軽に口付けてはいけません！」

「あなたは私の妻なのに？」

「『少しずつ』と言いましたよね⁉」

「不用意な行動は慎《つつし》むように」と丁寧に、だが焦《あせ》りながら説くのをロジオンはルナルクスに向けるような微笑みで聞いていたから、きっと、恐らく、多分、効いていないのだろう。

（いきなり先行きが不安なんだが！）

成り行きを見守るルナルクスは頭を伏せて眠そうにしていた。

第3章　愛の告白は彼女のために

朝の光に満ちる玄関広間を飾るケイトウの花は、秋そのものの燃え立つ赤色をしている。菜園から切ってきたそれを見送りに加え、黒衣の制服に身を包んだエルカローズはいつものように言った。

「帰宅は昨日と同じくらいの時刻になると思います。遅くなるようなら連絡します」

「はい」

答えて襟《えり》と袖《そで》に銀糸の刺繍《ししゅう》が施された上着を渡してくれたのはロジオンだ。

見送りと身だしなみの確認はゲイリーの役目だったが、妻（正しくはそうなる人）を送り出すのは伴侶《はんりょ》の務めだと、出仕を再開したその日から玄関に立っている彼なのだった。お手製の軽食まで持たせてくれる賢夫ぶりだ。

「いってらっしゃい、エルカローズ。気を付けて。ルナルクスもいってらっしゃい」

「いってきます」

「おんっ」

ロジオンたちのお辞儀を受けて、エルカローズとルナルクスは扉をくぐる。

門を出る前に、一度振り返った。

一人顔を上げているロジオンがひらひらと手を振ってくる。エルカローズは少し照れくさい気持ちで手を挙げてから、愛馬に騎乗し、ルナルクスを連れて城に向かった。

床《とこ》を離れて一週間ほど養生し、もう以前のような体調不良に陥《おちい》ることはないだろうと判断したエルカローズは無事仕事に復帰した。

このとき問題になったのはルナルクスだ。

職場に連れていくわけにはいかない、ついてきてはだめだと言い聞かせてもそっぽを向く始末で、困り果てたエルカローズは復帰初日、ルナルクスを振り切って家を出るほかなかった。

騒ぎになることは覚悟の上で日中を過ごしたが、何も起こらず、心底安堵《あんど》した。

迎えた終業後、門を出たところで尻尾をぶんぶんと振るルナルクスを見るまでは。

「可愛《かわい》いですね！　ハイネツェール卿《きょう》の飼い犬ですか？」

「………………はい」

門番たちにそわそわと尋ねられ、苦渋《くじゅう》の果てにこう答えざるを得なかった。

そんなわけでルナルクスはいまエルカローズの飼い犬として出仕に同行している。さすがに敷地内に入れるわけにはいかないので門で別れるが、ちゃんと言うことを聞いて、帰宅時刻になると現れる忠犬ぶりだ。門番や門を使用する人々に顔を覚えられ、ちゃっかりおやつなどをもらって可愛がられているらしい。

本当のことは絶対に言えない。

なお王弟殿下には混乱を来《きた》さぬのであれば様子見でよいとのお言葉を賜《たまわ》っている。裏を返せば何かあれば処分しろという意味だ。その話を聞いたロジオンは「なるようにしかなりません」と言い切り、元聖者の笑顔を伴った言葉の力強さにエルカローズはがっくり項垂《うなだ》れたのだった。

「おはようございます、ハイネツェール卿。あっルナルクス、おはよう！」

門番が笑顔で声をかけてくる。ルナルクスへの挨拶《あいさつ》が弾《はず》んでいるのは動物好きだからだ。

「今日も綺麗《きれい》だなあ君は。あれ、素敵な首輪をしているね！　よく似合ってるよ」

簡単に撫《な》でさせるわけにはいかないと距離を取っていたルナルクスも、その褒《ほ》め言葉には自慢げな顔を隠さない。

首輪を着けるまでに長い戦いがあったことは、エルカローズとロジオンだけの秘密だ。

(首輪の第一号は噛《か》み切られて、第二号は埋められて、第三号は奪われて二度と見つからなかった。第四号にしてようやくお気に召してもらえたんだよな……)

首輪の白い狼《おおかみ》の護符を見せながら「エルカローズの護符と一対です」とロジオンが説得してやっと着けてもらえたのだ。

祝福の力は料理だけでなくそうした手作りの小物にも発揮されるという。

首輪に込めたのは「その牙その爪、その存在が人を傷付けることがありませんように」という祈りだそうだ。人間に敵対行動を取ったとしても傷を負わせることは難しいという程度の抑制だが、魔物としては身を守る術《すべ》を削られたに等しいだろうとロジオンが言っていた。

だが首輪を着けただなんてまさしく聖者の逸話《いつわ》。やすやすと奇跡を起こす彼に慄《おのの》くばかりだ。

(うん、深く考えるのは止《や》めよう。私たちは迷い犬に首輪を着けただけ!)

海老《えび》反《ぞ》りになって惰眠《だみん》を貪《むさぼ》るただの寝相の悪い犬でしかなかったルナルクスを思い出しながら、現実から目を背《そむ》けるエルカローズなのだった。

ルナルクスと別れて剣《スパーダ》宮に出勤したエルカローズは、当直の兵士から勤務交代について聞かされた。

「オーランドが早退? わかりました、彼の仕事は私が引き継いでおきます」

「お願いいたします。しかし、心配ですね。このところ騎士の皆様の体調がよろしくないのは病気が流行《はや》っているせいではないかとみんな言っています」

(う、うーん)

心当たりがあるだけに何と答えていいものか。

そこへ午後から勤務のモリスが早々と現れた。エルカローズと兵士は直立して礼を取る。

「おはようございます、モリス様」

「おはよう。エルカローズ、体調は、ぐっ、ごほっごほっ! ごほっ!」

ひどく咳《せ》き込むので急いで飲み物を渡す。杯を一息に干したモリスは顔色が悪い。呼吸が荒いのはもしかして熱が上がっているせいではないだろうか。

「モリス様、お休みを取られた方がいいのではありませんか」

「いや、今日はどちらかというと良い方、げほっ、ごふっ！」

良い方でこうなのだから早退したオーランドの具合が知れる。

エルカローズは心の中で天を仰《あお》いだ。忘れたふりをしていてもルナルクスが魔獣であることを彼らの不調を目《ま》の当たりにしてつくづくと思い知らされる。

(ルナルクスを保護するのを手伝ってもらって、これか)

モリスとオーランド。彼らもまた、呪いの被害者なのだ。

症状はエルカローズほど深刻ではなく体調のいい日もあるのだが、それでも頭痛や発熱などで出欠を繰り返してしまっている状態だ。

この日もモリスには一度帰宅してもらうようにして、エルカローズは交代要員が手配できるまで残業することになった。早速手紙を書いて家の者に渡してくれるよう従僕に言付ける。

迎えを待つモリスの様子を見に行くと、気が抜けたようにぐったりと目を閉じていたが、こちらに気付いて熱で潤《うる》む目を細めた。

「すまんな。迷惑をかけて」

「それはこちらの台詞《せりふ》です。誠に申し訳ありません。私の浅慮《せんりょ》でモリス様やオーランドを苦しめることになってしまいました」

「情の深さがお前の美徳だと私は思うし、オーランドもそうだろう。そう自らを責めるな」

気にしなくていいと笑ってくれるけれど、傷付いた身でついてこようとする魔獣に絆《ほだ》された自分がいけなかった、とひたすら申し訳ない。

そのうちモリスは何度か咳き込み、やはり辛《つら》いらしく困ったように呟《つぶや》いた。

「しかしなかなか本復《ほんぷく》に至らんのは歳《とし》だろうか。お前はすっかり元気なのに。もし秘訣《ひけつ》があるなら教えてくれんか？」

言葉に詰まってしまった。

申し訳ないとは思っているし、できることがあれば力を尽くしたいとも考えている。しかしその解決法はエルカローズの力ではない。偶然エルカローズと結婚する予言を受けたロジオンの奇跡の力による癒やしなのだ。

ロジオンは、力を使うか否か、誰に用いるかを決めるのは自分だと言っていた。

苦しんでいる人たちに手を差し伸べないことを彼が良しとするとは思えない。

けれどエルカローズはある迷いを抱《いだ》いていた。そのせいで解決策も胸に秘めたものも口にできず、モリスを見送り、彼の分の仕事も果たして、夜遅くにルナルクスとともに帰宅した。

「おかえりなさい」と迎えてくれたロジオンだったが、何かに気付いたようにこちらを覗《のぞ》き込んできた。

「どうかしましたか？　あなたの美しい黒曜が暗く陰ってしまっていますよ」

何かあったのですね、と優しく包むように言われてエルカローズの胸はぎゅっとなった。

（どうしよう、心配されて嬉《うれ》しい……）

こうして気にかけてくれている人に何があったか話さないわけにはいかない。移動した談話室でも迷いに迷ったが、彼に導かれるまま今日の出来事を語った。

「なるほど、ではお二方に呪いを癒やす料理を振る舞いましょう。いつお会いしましょうか」

エルカローズは言葉を詰まらせ、くっと眉間《みけん》に皺《しわ》を寄せた。

「……いいんですか？」

「むしろ何が悪いのでしょう。それとも心配事がおありですか？」

「あなたを道具のように扱いたくはありません」

いつになくはっきり言ったせいだろう、ロジオンは軽く目を見張っている。

「ロジオン様は慈愛の人です。きっと断らないだろうと思いました。私だけは絶対にあなたを利用するような真似をしてはいけないのに。自分のせいで他人に招いた呪いのために頼らざるを得ないなんて、情けないし、申し訳なくて」

そのせいですぐにモリスに提案できなかった。どれほど強く両手を握りしめてもエルカローズは無力で、結局ロジオンに助けを求め、そうする許しを請《こ》うことしかできない。

「あなたは」とロジオンは言った。

なのに最後まで口にせず、挙句《あげく》の果てに困り顔で笑う。

「エルカローズのそういうところが、私は大好きです」

そんな話はしていませんが!?

真っ赤な顔で口を開け閉めするエルカローズを楽しげに見やったロジオンは、ふと表情を真《ま》面目《じめ》なものに変えた。

「ルナルクスの呪いで困っている方がいて、あなたが責任を感じているのなら、それが軽くなるようお手伝いしましょう。これもまた女神のお導きです」

(やっぱりこの人は当たり前のように誰かを助けるんだな……)

――私だけが特別なのではない。

囁《ささや》きめいた心の声に(当たり前だな)と返事をして、気を取り直したエルカローズはその回答を伝言として受け取った。

そうして翌日体調不良を押して剣宮に現れたモリスとオーランドと話し合いを持ち、その次の日には彼らを順番に訪ねることになったとロジオンに報告したのだった。

その週末の午後、エルカローズは伯爵家を訪ねるのにふさわしいドレスを身に纏《まと》い、略装のロジオンとともに馬車に乗ってモリスの別邸にやってきた。

領地を持つ由緒正しい伯爵家の人々が王都で過ごすための別邸は、橙《だいだい》色《いろ》の壁が眩《まぶ》しい洒落《しゃれ》た建物だ。作りも装飾もまったくの線対称になっていて、門の左右には羊の像が番人として立っている。ぴかぴかと輝く前庭の芝生と秋の花の色彩の対比はため息するほど美しかった。

迎えてくれたのはモリスとその夫人アデライードだ。

金銀の対とはよく言ったもので、緩《ゆる》く癖のある銀髪と紫の瞳の持ち主であるモリスと金髪碧《へき》眼《がん》のアデライードはその仲睦《むつ》まじさから理想の夫婦としてよく名が挙がる。騎士らしい体躯《たいく》に見合った厳しい顔つきのモリスは、ひとたび制服を脱いでしまえば伯爵の称号にふさわしい上品さと野性味を併せ持つ偉丈夫《いじょうぶ》になるのだ。

「よく来てくれた、エルカローズ。そしてようこそ、ロジオン様」

「お初にお目にかかります、どうぞ気安くお呼び捨てください。本日はお招きありがとうございます」

モリスはロジオンと握手を交わし、アデライードを紹介する。彼女は眩しいものを見るように目を細めた。

「なんて美しい方でしょう。エルカローズと並ぶと昼と夜だわ。お似合いね」

「恐れ入ります」

「カーリアのもたらした巡り合わせに感謝する日々です。彼女のように凛然《りんぜん》と麗《うるわ》しい女性を妻にできる幸いがあるとは思ってもいませんでした」

（うん、このくらいの美辞麗句だとお世辞だってちゃんとわかるな！）

エルカローズはこちらを見るロジオンに清々《すがすが》しい笑みを返した。

あまりにそれらしすぎて逆に嘘《うそ》っぽく聞き流すのは容易《たやす》い……などと考えている場合ではなかった。「まあ……」と絶句したアデライードがぎらつく目で（詳《くわ》しく！）と訴えてくる。

どうやら真に受けてしまったらしい。

（これは根掘り葉掘り聞かれるぞ……）

「わふっ」

騒ぎの予感にエルカローズの顔は引きつったが、今度は別の恐怖でぎくりと竦《すく》んだ。

一同の視線が声の主に集まる。まあ、と少女のような歓声を上げたのはアデライードだ。

「エルカローズ、犬なんて飼っていたの？　名前は？　撫《な》でても大丈夫かしら」

毎日の食事と毛梳き《ブラッシング》のおかげで、ルナルクスはますます白く美しくなっていた。肉付きもよくなって、少し成長もしたのか大人びた美人顔になっている。

（これがあの魔獣か）

（はい）

エルカローズとモリスは視線を交わし合う。素性を知らないのはアデライードだけなのだ。

「伯爵夫人、お召し物が汚れてしまいます」

ロジオンがそれとなく牽制《けんせい》したが「アデライードと呼んでちょうだい」と言いながらすっかりルナルクスに夢中になっている。

ルナルクスはぱたん、ぱたん、と尻尾を動かしながらアデライードを青い瞳で見ていたが、すっと立ち上がるとエルカローズの足に自らを絡《から》め、こちらを仰いだ。

くっと歯を食いしばった。

（……可愛い……！）

実に、可愛い。少しでも近付きたいとばかりに長く首を伸ばして見つめている様は、上目遣いになって甘える仕草に似ている。

「嫌われてしまったようね？」

「申し訳ありません。人見知りなんですが私にはべったりで、ついてきてしまったんです。ルナルクスをご一緒させていただいてもよろしいですか？」

「ルナルクスというの？　ええ、よろしくてよ。ねえ、あなた？」

モリスはアデライードの呼びかけに笑顔を貼り付け「もちろんだとも」と頷《うなず》いた。

「だが一つ気に入らないことがある。アデラ、可愛い可愛いと君は言うが、可愛い君が言うと嫌味ではないかな？」

「もう、からかわないでくださいな」

仲睦まじさがわかるやり取りに乾いた笑みを零《こぼ》していると、ロジオンが囁いた。

「素敵なご夫婦ですね」

「モリス様は愛妻家で有名なんです。仕事中よく惚気《のろけ》られます」

だが忙しいときに限って「アデラに会いたい」と身悶《みもだ》えしたりいかに妻が美しいか語り聞かせたりするので、実際は少々迷惑なときがある。エルカローズとオーランドはその迷惑を被《こうむ》っている代表的な二人なのだ。

「お二人のような夫婦になれたらいいですね？」

肩を跳ね上げると、くすりという笑い声が耳朶《じだ》をくすぐる。

お茶会の場であることを忘れていないエルカローズはむっとしながら静かに文句を言った。

「……からかわないでください」

「からかっていると思いますか？」

見つめ合うこと数秒。

「ロジオン様、厨房《ちゅうぼう》へご案内いたしますわ」というアデライードの呼びかけがなければ、エルカローズは胴着《コルセット》の締め付けもあって真っ赤な顔で昏倒《こんとう》していたかもしれない。

（ロジオン様って、ロジオン様ってすごく性質《たち》が悪い！　……気がする！）

憤然としている間にロジオンはアデライードに連れられて厨房に向かい、エルカローズはモリスとともにお茶会が行われる庭へ行く。

足元を、とっとこ、とっとっ、とルナルクスがついてくる。知らない場所に興奮するのではないかと心配していたが、落ち着いている。安心した。

今日は料理の内容を考えて午後の訪問だ。

昼餐《ちゅうさん》や晩餐では大掛かりになるし、貴族である夫妻に庶民が作った正餐料理《フルコース》を食べてもらうのは恐れ多いとロジオンが言ったのだ。何でも食べるとモリスは豪語したのだが、どのような状況でも適応できるよう訓練された騎士とは違い生粋《きっすい》の貴族であるアデライードのことを考え、午後のお茶とお菓子ならどうかとエルカローズが提案した。

「体調はいかがですか？」

「茶を飲むくらいはできそうだ。珍しいものを見たからかもしれんな」

モリスが笑う理由がすぐにわかり、エルカローズはしかめ面で息を吐いた。

「ドレスが似合わないことは承知していますから、お茶を噴き出さないようご注意ください」

「似合わんとは言っていない。お前は卑屈《ひくつ》でいかん。それは謙虚とは言わない。自信を持て」

「身の程《ほど》は知っております。ロジオン様をご覧になったでしょう？　謙虚すぎるくらいがちょうどいいんです」

むうっとモリスは唸《うな》った。ロジオンの美しさは一目見れば理解できる。

木々が作る回廊を横切ると緑の世界が広がっている。低い生垣と花壇の間の道を通っていった先、ブドウの蔓《つる》が絡む東屋《あずまや》がお茶会の席となる。

モリスはどっと席に腰を下ろした。どうやら挨拶だけはと気を張っていたらしく、あっという間に顔色が悪くなる。近くの使用人にエルカローズが水を頼んでいると、アデライードが侍女を連れてやってきた。モリスの具合が悪いのを見て顔を強張《こわば》らせる。

「あなた。大丈夫ですか、横になりますか？」

「いや、大事ない。だからそのような顔をせず笑っていてくれ、アデラ。私も今日を楽しみにしていたのだから。ほら、エルカローズにロジオン様のことを聞くと言っていただろう？」

「ええ……でもどうか無理はなさらないで。社交はわたくしに任せてくださいな」

気丈に微笑《ほほえ》んだ貴婦人は、ロジオンが無事厨房で調理を始めたという報告もそこそこに、途《と》端《たん》に碧《あお》い瞳をきらりとさせた。

「さて、エルカローズ？　あの方はどういう方なのかしら？　普段どのように過ごしているの？　わたくしに教えてちょうだい。さあ。さあさあさあ！」

場の雰囲気を変えるため、あっという間に好奇心旺盛《おうせい》な貴婦人に豹変《ひょうへん》したアデライードに、エルカローズは苦笑した。

「アデラ様、落ち着いてください」

「落ち着いてなどいられますか！　お噂《うわさ》は聞いていたけれどあんなに素敵な方だったなんて」

取りなしも無力だった。アデライードはみるみる興奮し始める。

「それにあなたを見る目！　どきどきしてしまったわ！　突然結婚が決まったものだからどうなるものかと思ったけれど、上手《うま》くいっているようで何よりね」

「目？」

エルカローズは首を傾《かし》げた。

同じく心当たりのなさそうなモリスに、アデライードは声を跳ね上げた。

「まあモリス、お気付きでないのね。あれはわたくしに愛を囁くあなたと同じ目でしたわ！」

「…………はあ？」

意味するところがわかったが、突拍子がなさすぎてつい礼儀を忘れてしまった。

「愛を囁くって誰が誰にです？」

「ロジオン様がお前に、だな。ほほういつの間に……」

にやつきながら顎《あご》を撫でる仕草に揶揄《やゆ》を感じて目を吊《つ》り上げる。

「そんなことあるわけないでしょう、モリス様、下世話な想像は止めてください。アデラ様も、何か勘違いなさっておいでです。あの方はいつもああですよ」

「いいえ、わたくしの見立ては正しいわ。それともロジオン様が他の女性と接しているところを見たことがあってそう言うの？」

そういえば、ない。話していたとしてもセレーラやミオンといった女性使用人に仕事などの頼みごとをするときくらいだ。結婚後然《しか》るべき身分の人々と交流を持つはずが、エルカローズが復帰して間もないせいで、未《いま》だ叶《かな》わないのも理由だ。

「では私が最も身近な異性だから強い親しみを覚えているんです。ロジオン様の身元を預かっているのは私ですから」

「それなら言ってしまうけれど、そんな人があなたの恋愛事情を知りたがると思って？」

「は!?　恋愛事情?　何を話したんですか!?」

　これには大声を禁じ得なかったが、アデライードは悪びれない。

「『あんなに可愛らしい人なのに良い方はいなかったのですか?』と尋《たず》ねられたから、少女時代から知っていることをお話しして、私の知る限りまったくと答えただけですよ」

　祖父が騎士爵であった関係で幼い頃何度か王都に上ったことがあるエルカローズはそのときからモリスと顔見知りだ。夫妻も何度か祖父母宅や実家を訪れているので、どんな少女であったかもどのように成長したかも知っている。

　そんなアデライードの答えを聞いたロジオンはこう言ったという。

『あんなに可憐《かれん》で心清らかな人が誰のものにもなっていない奇跡を、カーリアに感謝します』

「――っ!」

　家族に近しい気持ちでエルカローズを案じるアデライードがロジオンと心臓に悪いやり取りをするのは想定していた。だがお茶会が始まってもいない段階でこれは不意打ちだ。本人がいないところで何を言ってくれているのだろう。

　身を乗り出してくるアデライードにどうすれば考えすぎだとわかってもらえるのか、頭ががんがんする。

「……繰り返しになりますが、勘違いです。私たちは結婚の予言に従っていまはともに暮らしていますが、結婚を義務と考えこそすれ相手に恋愛感情を抱く必要はないでしょう。人として好意を抱くならともかく、私のどこに異性としての魅力があるんです？」

「あなたは誠実で爽《さわ》やかな娘。心身ともに健《すこ》やかで動作はきびきびとしているし、人を妬《ねた》むことも貶《おとし》めることもしないでしょう」

「勤務態度は真面目で向上心があって意欲的。同輩の騎士や兵士たちに限らず女官や侍女たちとも良好な関係を築く協調性もある。規律を尊重し騎士の模範たらんと努力を怠《おこた》らず、王弟殿下の覚えもめでたい。……とまあ、人物評なら上官である私の出番だ、アデラには負けん」

夫妻の思いがけない褒め言葉を嬉しく感じる反面、そんな人間ではないと居心地の悪さを感じ「恐れ入ります」と返すことしかできない自らの口下手《くちべた》が恨めしい。

恐縮するエルカローズに、アデライードはようやく勢いを収めた。

「だからねエルカローズ、ロジオン様があなたの何を好ましく思っているかは本人に聞かなければわかりません。みんなこれが好きだからなどという枠に押し込めては失礼ですよ」

優しく諭《さと》されると意地になっているように思える。好奇心を露《あら》わにするのは親戚のような気安い関係だからで、案じてくれる理由も同じだとわかるから、なおさらだ。

「……ご忠告、胸に刻んでおきます」

ため息混じりの言葉を、アデライードは満足そうに聞いている。

（まあ聞く機会があったら聞いてみればいいか。そんなときが来るようには思えないけど）

「お茶菓子が楽しみね。どんなものを出していただけるのかしら？」

その言葉には全面同意だった。

普段ロジオンは館《やかた》で主に家事をしている。ゲイリーとセレーラと協力して使用人を采配《さいはい》したり建物の管理をしたり、ときには厨房の料理人たちとともに保存食を作ったり、作った菓子やパンを近辺の修道院や養護施設に配ったりなど忙しい。

知人や友人への手紙には住んでいる地方の料理を教えてほしいと綴《つづ》っているようで、時々見たことも味わったこともない料理や菓子を作ってくれる。それが素晴らしく美味《おい》しいのだ。

彼が今日何を作るのか聞いていないが舌が肥えている伯爵夫妻に喜んでもらうために少し変わった菓子にするつもりだと言っていたから、エルカローズも楽しみなのだった。

にわかに屋敷の方から声がした。

振り返ると、料理を乗せた台車を押す料理人とロジオンがこちらにやってくる。

席を立って彼を迎えに行く。

制服ほど慣れていないドレスのせいで少々足がもたついたが、転ばなかったので上出来だ。

「お疲れ様でした。問題はありませんでしたか？」

「ええ。きっと美味しいと思います」

台車は料理人から給仕係に手渡され、東屋の木と大理石でできた机の上に食器や茶器が並べられていく。それを見ながらつい視界の隅《すみ》でロジオンを盗み見てしまうのはアデライードの主張を思い出すからだ。

（……いや、これだと感じが悪いな、思い切って見てしまえ！）

勢いよく顔を向けた瞬間、ばっちり目が合ってしまった。

思考停止するエルカローズに、ロジオンは手を差し出す。

「お手をいただけますか」

「……え？」

思わずその手と東屋の距離を見る。

数歩しか離れていない。だから手を取って案内されるまでもない。

ルナルクスが目を細めて「ふんっふんっ」と鼻息を荒くしている。ロジオンの動きが気に食わないが人目があるので吠《ほ》えたり噛みついたりしたくなるのを我慢しているのだ。

けれど固辞するにはあまりにロジオンが優しい顔をしているので。

エルカローズはおずおずと右手を彼に預け、寄り添うようにして東屋までの短い距離を花道のように進んだ。

時間にして一分にも満たないのに着席したときにはひどく呼吸が乱れていた。熱が上がったようにくらくらして、ロジオンの姿が眩しいのだ。モリスとアデライードがこちらを見て楽しそうに囁き合っている内容を想像すると「違います！」と叫び出したくなる。

（これが『いつも』なんです！　私に特別な感情を抱いているわけではありません！）

だが耐え切った。お菓子が供され始め、夫妻もそちらに意識を向けた。

「これはパイね？　格子《こうし》模様が美しくて洒落ていること」

「はい。エンガディーナと呼ばれています。中には砕いた胡桃《くるみ》と蜂蜜、生クリームを煮詰めたものが入っています」

ロジオンはにこやかに供するお茶菓子の説明を始めた。

エンガディーナは、焼き菓子《クッキー》のようなさくさくとした生地を敷き込み、空煎《からい》りした胡桃を甘く香ばしいヌガーと絡め、それをたっぷり詰めた後に同じ生地で蓋《ふた》をする。小刀で格子模様を入れて異国風味の見た目に仕上げたものだという。

「この巻貝のような焼き菓子は何だろう？」

「スフォリアテッラといいます。パイ状の生地の中にクリームを詰めてあるのですが、どんな味かは是非召し上がって確かめてください」

円錐《えんすい》に似た形のそれはひだを何枚にも重ねてできている。エルカローズは帽子に見えたが、モリスがたとえた巻貝にも似ていた。ほんのり漂ってくるのは香りづけの肉桂《シナモン》だが、そこから連想される単純な味付けではなさそうだ。というより食に関する知識が多くはないエルカローズには見当もつかないと言った方が正しい。

「今回はお茶も用意させていただきました。薄荷草《ミント》と茉莉花《ジャスミン》のお茶と、加密列《カモミール》と檸檬皮《レモンピール》のお茶の二種類です」

どちらも飲みたいと主張した夫妻は互いに違うものを選んでいる。

「エルカローズはどちらにしますか？　甘いのは加密列の方ですよ」

何故わかったのかと思ったけれど、先日のケーキのことがあったからだろう。

「では、加密列の方をください」

「かしこまりました」

ロジオン自身は薄荷草のお茶を選び、飲み物とお菓子が行き渡るとお茶会の開始となった。

アデライードはエンガディーナを観察し、適当な大きさに切ったそれを口に運ぶ。

モリスはスフォリアテッラに手を伸ばす。ばりっと焼き色の美しい皮が思いがけず音高く砕け、聞くだけで楽しくなるような香ばしい音を響かせる。

「まあ」「ほお……」と夫妻はそれぞれ感嘆のため息をついた。

「エンガディーナ、とてもいい味ですわ。濃厚なヌガーの甘さと胡桃の食感の相性がよくて。少し苦めだからきっとあなたも気に入るわ。モリス、こちらも召しあがって」

「アデラ、このスフォリアテッラは美味《うま》いぞ。重いクリームだが素晴らしく香りがいい。この辛みは葡萄地酒《ブランデー》かな？　素晴らしく私好みだ」

少年少女のようにわくわくと言葉を交わす夫妻を見て、エルカローズも楽しみにしていたエンガディーナを一口。

「……っ！」

ヌガーの香ばしさと濃厚な甘さに、胡桃の脆《もろ》い食感が抜群に合う。焼きたての温《ぬく》もりが仄《ほの》かに残っていて、ヌガーが口の中でとろけていった。

これは出来立てのうちに味わった方がいいと、スフォリアテッラにも手を伸ばした。

「…………」

さくっと生地が砕けた中に入っているのは重く質量のある、タルトのようなクリームだ。甘粥《ポリッジ》にブドウなどの干し果物が入っていて、先ほど香った肉桂の他に、葡萄地酒のくらっとするような香りと檸檬皮の酸味と苦さを感じる。

(美味しい！　ここが自宅ならかぶりついたのに)

エンガディーナは片手で口に運びたいし、スフォリアテッラはぱりぱりの生地をむしゃむしゃやりたいと思うのは、手掴《てづか》みで食事をする楽しさを知っているせいだ。

夫妻は料理をどこで学んだのか、いままでどんな珍しい料理を作ってきたのかなど話題を膨らませ、ロジオンのこれまでの暮らしについても問いを重ねている。

生き生きとしているモリスに、アデライードがこっそり涙を拭《ぬぐ》った。

(モリス様が回復したとアデラ様にはわかったんだな。さすが、仲睦まじい夫婦なだけある)

無事にモリスが癒やされ、和《なご》やかな会になってほっとしていると、かりかりと音がした。

「くん、くうーん」

ルナルクスが鳴く。食べ物を催促《さいそく》しているのだ。

だが今日は伯爵夫妻が同席していて、飼い犬（ということになっている）に同じ席で食事をさせるわけにはいかない。そもそもロジオンがきちんと彼の分の料理として根菜の粥《かゆ》を準備してくれているのだ。こちらの食べ物までねだるとは欲張りなことこの上ない。

「だめ。これは私の分」

小声で注意するが、ルナルクスが立ち上がるので奪われる前にと皿の上のものをさっと食べてしまう。そうして両手を見せて「もうないぞ」と示すと不満そうに「きゅうん」と鳴いた。そんなに可愛らしく目を潤ませてもだめなものはだめだ。

「エルカローズ、もう一ついかがですか?」

「いえ、お二人のための菓子ですから」

皿が空いたのをロジオンに素早く察知されたが、急いで手を振った。「本当に美味しいこと」とアデライードも頷き、「ありがとうございます」と微笑するロジオンはどこまでも謙虚だ。

「遠慮することはない。物珍かで美味い菓子がエルカローズの回復の理由だったのだろう?」

「いいえモリス様。ロジオン様の料理はなんでも美味しいんです。菓子ばかりではありません」

可愛らしい印象を持たれてしまわないよう牽制のためにきっぱり主張した。それにロジオンの料理は菓子ばかりが美味しいのではないし、エルカローズが甘いものに目がない、なんてことではない。断じてない。

ふうん、と言った夫妻の目が悪戯《いたずら》っぽく輝き始める。

「ちなみに一番美味いと思ったのはなんだね？」

「難しい質問です。野菜料理も肉料理も本当に美味しいですし、得意なのはパンや菓子の類《たぐい》でこうして巧《たく》みに作ってくださるんです」

ロジオンが驚いたように肩を揺らす。

「気付いて……いえ、パンや菓子は修道院で作るものですから。販売したりお礼として配ったり、客人や巡礼者に供することもあって、自然と手馴《てな》れるだけです」

「いけないわ、エルカローズ。全部美味しいなんていい顔をしすぎです。何か一つ選ぶとしたらどれなの？」

それはすぐに浮かんだ。

けれど迷った。――これは多分言われたくないのではないかと思ったから。

だが目を瞬《まただ》かせるロジオンにまったく心当たりがなさそうなので、笑ってしまった。ならばこれはわからないままにする方が楽しそうだ。

「それは秘密です。答えれば、お二方は絶対に食べたいと言うでしょう？　その料理は私にとって、私だけの特別なものなんです」

思わせぶりな態度に戸惑えばいい。私のように。

アデライードは笑顔になり、モリスは笑いを噛み殺した。「やればできるじゃないか」と言っているのは黙殺する。

シリーズ累計
400万部突破の
人気作!!
TVアニメ第2期　2021年7月放送開始!
乙女ゲームの破滅フラグしかない
悪役令嬢に転生してしまった…X
©山口悟・一迅社／はめふらX製作委員会

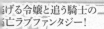

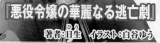

ロジオンが戸惑っている様子を悦《えつ》に入《い》りながら横目で眺め。

そのようにしてお茶会は和やかに、淡い思いの欠片《かけら》をきらめかせつつ終わった。


夫妻と使用人たちの見送りを受けて馬車に乗り込む。

座席の下に伏せるルナルクスが息を吐いてぱたりと尻尾を落とす。それに釣られてエルカローズもあくびを噛み殺した。

どうやら思った以上に疲れたらしい。ロジオンはしっかりそれを見ていた。

「お疲れ様でした。どうぞ、肩に寄りかかってください。目を閉じるだけでも楽になります」

「疲れているのはロジオン様でしょう。どうぞ寄りかかってください」

「そうですか？　ではお言葉に甘えて」

ロジオンは身体《からだ》を倒すとエルカローズの膝《ひざ》に頭を乗せた。

膝枕、だった。

「え、違っ」

「エルカローズ。――特別な料理とはどれのことなのですか？」

その問いは振り落とすことができず泡を食うエルカローズを静かにさせた。

視線を別の方向にやりながら彼は確認するように呟いている。

「祝福はすべてに込めているし、日常の延長のありふれた料理しか作っていないし作れていない。伯爵夫妻にお出ししたお菓子も元を正せば地方の家庭料理や庶民菓子でしかありません」

だから『特別な料理』が何なのかまったく思いつかない。

途方に暮れた様子に、この人でもそういうことがあるんだな、と不思議な感慨があった。

そして普段の彼の穏やかな言動や微笑み、気遣いといったものは、身を守るための術なのかもしれないとこのとき思った。

なら不安に思う必要はない。そう告げるつもりで、小さく答えた。

「……スープです。カボチャのスープ」

次の瞬間、ロジオンは飛び起きてエルカローズにまん丸の目を向けた。

「カボチャのスープ、お会いした最初の日の？」

どちらかというとそれは挙げてほしくないという困惑と混乱が滲《にじ》み出ていた。好みは人それぞれと言っても、どれが美味しかったかと問われれば多くの人はそれ以外の料理——優しい味の香草粥や、旬の食材を使ったパン、材料や作り方を工夫したスープを挙げるだろう。

「……もっと凝《こ》ったものも作ったのに……」

「それ以外が美味しくないわけじゃありません！　私の特別がそのスープになっただけで」

弱って誰からも遠ざかって苦しみながら孤独に過ごしていたそこに、あのスープがあった。

特別の塊《かたまり》のようなロジオンがそれを異《い》な娘ではあるが特別ではないエルカローズのために作ってくれた。——エルカローズのためだけに。

そのことが本当の祝福だったのだと思う。

「あれほど美味しいものはないと、いまでも思っています」

言いたいことはわかるのだが嘘をつくのもまた難しい。

わかってほしいのだと見つめると、ロジオンはふっと目を背けた。

「なら、あのスープはエルカローズにだけ作ります。誰かに作るときにはそれ以外の別のスープを出しましょう」

照れているようでもあり、彼らしい遊びを含んだ意思表示でもあった。

「お願いします。私は丹精を込めて菜園の世話をしますから、カボチャの旬が来たらあのスープを作ってください」

笑うエルカローズの耳にハイネツェール家の館の門が開く音が聞こえてくる。

そちらに意識を向けた瞬間だった。耳に、低い囁きが吹き込まれた。

「私の花《ミア・ローザ》の望みのままに……」

到着した馬車が揺れたせいもあってエルカローズは大きく体勢を崩した。

ロジオンが抱きとめてくれたのでどこかをぶつけることはなかったけれど、動けなかった。

これには彼も焦《あせ》ったようだ。

「エルカローズ？　大丈夫ですか？」

「おかえりなさいませ……ご、ご主人様、いかがなさいましたか？　お顔が真っ赤です」

ロジオンだけでなく扉を開いた御者と馬車に駆け寄ってきたゲイリーにも案じられ、ルナルクスが心配そうにまとわりついたが、「大丈夫、大丈夫です」と繰り返すしかなかった。

胸を押さえてぷるぷると震える。

言えなかった。――ロジオンの囁きが色っぽかったからだ、なんて。


次の週末、仕舞い込んでいたドレス類に袖を通すエルカローズと貴公子めいた装束が似合いすぎるロジオンは、すっかり主人を飾り立てる楽しみを見出《みいだ》してしまった使用人たちに見送られて、今度はオーランドの自宅を訪れた。

伯爵家令息で騎士に叙勲《じょくん》された際に子爵となった彼は二十五歳で独身、カインツフェル伯爵家の別邸の近くの地区にある小さな家で暮らしている。

小さいといってもそこは貴族、ハイネツェール家の館と同規模の邸宅の外観は古い時代の簡素なものながら、一歩足を踏み入れると、組み木や象牙を用いて綴《つづ》れ織《おり》の絨毯《じゅうたん》を中心に、重厚で威厳のある内装になっている。

「ベルライト子爵オーランドです。聖者様にお会いできるなんて光栄です」

「ロジオンと申します。はじめまして、オーランド様」

「ロジオンと呼んでください」と告げられると、年上の同僚は無遠慮なほどに無邪気だった。

「今日は美味しい料理をご馳走《ちそう》していただけると聞いて楽しみにしていました！　ロジオンっ

て噂以上の美形ですね！」

花形騎士である美男子がはしゃいで言う台詞ではない。

「ありがとうございます。整った顔立ちのオーランド様に言われると面映《おもは》ゆいです」

おお、とオーランドは感動している。そうなのだ、ロジオンは受け答えも完璧《かんぺき》なのだ。

「オーランド。具合が悪いんじゃないのか？」

エルカローズの据わった目にも動じず、彼は照れたように肩を竦めた。

執事にロジオンの案内を任せ、オーランドはエルカローズを図書室へ連れてきた。男性陣の社交の場である喫煙室に続いている部屋だから少し煙の匂いがする。

「いい男を捕まえたなあ！」

「第一声がそれってどうなんだ」

斬り伏せるように返し、エルカローズは腕を組んだ。

「先週モリス様とアデラ様に散々遊ばれたから、私と彼の関係については、今日は一切無視するからそのつもりで」

「まあいきなり現れた絶対結婚しなくちゃならない相手だもんな。微妙かつ繊細な関係で当然か。わかった。でも一つ聞かせてほしい、その格好は彼の影響？」

ぼっと赤面した。滅多《めった》に見せないドレス姿は年齢の近い同僚相手だから余計に恥ずかしい。

「こっこれはロジオン様が『ドレスをお召しでないのですか？』って残念そうに言うから

「……！」

「え？　ロジオンの服装に合わせたのかと思ったんだけど」

膝を屈しそうになった。見事に掘った墓穴に沈みたい気持ちでいっぱいだ。

「へえぇそうなんだふーん。約束したから深くは聞かないけどお」

「その顔止めろ。頼むから」

いっそ聞いてくれた方がよかったと悔いても遅い。

「本当に何もないんだ」と言うと彼は笑みを深めた。むっとした。知ったような顔に腹が立つ。

「それでこの白い獣があの魔獣？　見違えたなあ、見事な忠犬っぷりだよ」

「…………」

エルカローズの足元にいたルナルクスはじっとオーランドを見つめている。尻尾の動きが警戒を表しており、不審な動きと見れば飛びかかってくるだろう。

「あまり刺激しないでほしい。見た目通りではないことは承知だと思うけれど」

「わかってる。でも不思議だな、確かに寝不足だし吐き気はあるんだけど、原因を前にしているはずなのに嫌な感じがまったくしない。いまは呪われていないということなのかな？」

しゃがみ込んでルナルクスの右足を掴もうとし、案の定逃げられている。

「そう、なのか？　私も回復してからはおかしな症状はないから呪われていないのか」

「呪われているけれど防いでいる、呪われていない、呪いの力がなくなった、考えられるのは

「ありがとう。ルナルクスのおかげで、ずいぶん進んだよ。今日のところは、このくらいかな」

それを聞いて閃《ひらめ》いた。

「ロジオン様の祝福の力だ。ロジオン様が作る食餌《しょくじ》が呪いの力を弱めているのかもしれない」

「あり得るね」

机の下に隠れたルナルクスは瞳を光らせている。

「仕事はどうなってる？」と話が変わり、しばらく引き継ぎをすることになった。それだけ連絡すべき事項が多かったのだ。

しかし何度かオーランドは席を立った。真《ま》っ青《さお》な顔で吐き気を訴え、かと思ったら咳が止まらず、体調不良に翻弄《ほんろう》されて戻《もど》ってくる度《たび》、疲れた様子で椅子に身体を投げ出した。

「……大丈夫？　会食が無理そうなら食事だけ作ってもらってお暇《いとま》するけれど」

「それだと聖者様を働かせただけになる。尊い力を使ってもらう礼儀だ、ちゃんともてなすよ」

「真面目だな」と呟くと「君には負ける」と言われた。エルカローズのむっとした顔を笑ったせいか、少し顔色が持ち直す。

オーランドの調子を見つつ、仕事のやり取りを続けていると、執事が食事の準備が整ったことを知らせに来た。

「それじゃあ行こうか」

差し出されたオーランドの腕を真顔で見つめ、足を踏んだ。

「痛っ」

「どういうつもりか聞かせてもらっても?」

「踏む前に聞いてくれないかなあ!　いや、せっかく綺麗な格好をしているんだから楽しめばいいんじゃないかと思って」

具合が悪いくせに格好つけて、と愚かなものを見る目をしていたエルカローズもこの言葉には驚いた。だが楽しむ方法が介添えしてもらうことというのはいかにも伯爵令息らしい。

噴き出してしまったが心遣いが嬉しくて誘いに乗った。

「では食堂まで頼む」

「かしこまりました」

だが慎《つつ》ましやかさも長くは保《も》たなかった。廊下に出ると肉料理の匂いを嗅《か》ぎつけたオーランドがそわそわし始めたからだ。そして食堂に入るなり目を輝かせて歓声を上げた。

「うわあ、美味しそうな匂いがする!」

給仕係に交じって準備をしていたロジオンが笑顔でこちらを見る。

「――――」

(……ん?)

刹那《せつな》、時が止まった――ような気がしたのだがオーランドは気付かなかったらしい。わくわくとロジオンに話しかけている。

「このいい匂いだけでもう絶対美味いと確信できます」

「匂いだけでなくお口に合えばいいのですが」

応じるロジオンはいつも通りだ。しばらく目で追ってみるが不審な点はない。「どうかしましたか？」という意味の微笑みを返してくる。

あまり見ていると追求されそうだったので視線を外したが、やっぱり何かおかしい気がする。

（なんだ……？）

食堂の長机の上座にオーランド、その向かい合った席にエルカローズとロジオンが並んで座る。ルナルクスは素早く食卓の下に滑り込んだ。「こら」と言ったものの高価な家具を傷付けられるよりはましだから、強くは叱《しか》らず好きにさせることにする。

小さな果実が絵付けされた可愛らしくも楽しげな食器の上に、具の詰まった平たい練麺《パスタ》が少量のスープとともに揺れていた。付け合わせは海藻と葉物野菜のサラダ、そして腸詰《ソーセージ》をパイ生地で包んで焼いたものだ。

練麺にナイフを入れて半分に割ると、中から肉汁が溢《あふ》れ出す。ホウレンソウと挽肉《ひきにく》が作る小片模様《モザイク》は旨味《うまみ》を含んだ油できらきら光っていた。

一口食べたオーランドは、ふむう、と満足げに息を吐く。

「美味しい。食事をこんなに美味く感じるのはいつぶりかなあ」

吐き気があると言っていたのにオーランドの食事の速度は緩まない。それだけ美味しいのと祝福の力が早くも彼を癒やしたということだろう。

エルカローズも練麺にそっとナイフを入れた。

もちもちの皮と中の肉が離れないよう食器を操って丁寧《ていねい》に包み、ぱくりと飲み込む。深い呼吸を重ねると肉と野菜が生み出す味わいが全身に広がっていくようだ。

「ロジオン様。これは挽肉だけが入っているんですか？　ただの肉ではないような」

「よくわかりましたね。塩漬け肉《パンチェッタ》を刻んで牛挽肉と合わせました。燻製《くんせい》の風味が加わって味が濃厚になるでしょう？」

「なるほど。それでこのスープも肉の旨味が濃いんですね。美味しいです」

「こちらの腸詰パイも召し上がってください」

平たく伸ばしたパイ生地に腸詰を乗せてくるくると丸めている。焼きあがった腸詰が牛の角のように突き出していた。かぶりつくと、ぱりっというパイが砕ける音と、ぱきんともぱりんともつかない弾《はじ》ける音が響いた。

「んっ、美味しい……」

ため息混じりに言って再びばくっ、ばく、と味わう。

（やっぱりロジオン様の料理はなんでも美味しい。いまはカリフラワーが旬だから、何か美味しいものを作ってもらえないかなあ……）

「食べ屑《くず》がついていますよ。気に入ってもらえたのなら今度家でも作りますね」

くすっと笑ったロジオンが手巾《しゅきん》を持った手を伸ばしてくる。

「あっ、自分で拭《ふ》きますから……！」

「ふ、くっ」

噴き出す音が聞こえてエルカローズはびくっと肩を跳ね上げた。

見るとオーランドが顔を背けて肩を震わせているところに、さっと給仕が布巾を差し出していた。彼はそれに顔を押し付けて、くつくつと喉を鳴らしている。

「出会ってまだ三ヶ月も経《た》っていないのにもう恋人同士みたいだなあ！」

「そう見えるなら嬉しいです。もうすぐ夫婦になりますから」

喉の奥でいろんなものが詰まった。

最終的に夫婦になるのは事実だが、攻め込んだ発言への驚愕《きょうがく》と戸惑いが強すぎる。

オーランドは身を乗り出した。

「エルカローズは素敵な女性ですよね。不器用すぎるところがあるけれどそれがまた」

「オーランド様もそう思うのですね。ええ、エルカローズはとても素晴らしい人です」

エルカローズは今度こそ噎《む》せた。

「ロジオンは彼女のどういうところが好きなんですか？」

「毎日『おはよう』『おやすみ』や『いってきます』と『ただいま』を言ってくれるところや、

私が馴染《なじ》めるよう心を配ってくれる優しさをとても好ましく感じます。彼女の人柄にも惹《ひ》かれています。あの館にいる使用人がみな勤勉で、自由な意見を交わし合えるのは主人であるエルカローズがその通りの人物だからでしょう」

オーランドとロジオンはそこで言葉を止め、お互いを確かめるように見つめ合う。

そうして、何かをわかり合ってしまったらしい。

同時に『にっこり』としか表現できない親和的な笑みを浮かべたのだった。

「真面目だけれど頭が固すぎるわけではないですからね。後輩の面倒もよく見るし、器用に立ち回れないところは上の方々に可愛がられているんですよ」

「目に浮かびます。オーランド様が羨《うらや》ましい。叶うならば私も彼女が生《い》き生《い》きと働くところを毎日眺めていたいものです」

「それなら上に聞いてみましょうか？　聖者様なら歓迎してくださると思います」

「本当に？　お願いしても良いでしょうか？　ああ、光花神がもたらした出会いに感謝します」

「僕も感謝します。僕たちいい友人になれそうですね！」

さっきから何を言っているんだお前たち。

本人を放置して褒め殺しなど拷問《ごうもん》に等しい。思わず口汚くなりそうなのをぐらぐらする理性で何とか押しとどめる。止めろ、握手をするんじゃない。その友情には嫌な予感がする！

ひとしきり盛り上がり、ロジオンはふと笑みを深いものに変えた。

「エルカローズは特に――甘いものを幸せそうに味わっているところが、とても可愛らしいと思います」

目の奥に浮かぶ姿、記憶が持つ温もりを感じようとする微熱を持った微笑み。

触れてもいないのにまるで抱きしめているかのような甘い囁き。

胸騒ぎめいた鼓動の音がエルカローズの声を奪う。

これではまるで――まるで。

「……本当に仲がいいんだなぁ」

オーランドが優しい顔をその日一番嬉しそうに緩めた。

美味しいものはときとして口を軽くする。食べ方や仕草からその人が見えるように、新しいことを知る機会を提供してくれるのだ。

オーランドはそんな風にしてエルカローズの新しい一面を見たようだった。

「二人きりの時間を作るなら早く食べてしまった方がいいですよね」

続けて放たれた一言に反応できるだけの気力がエルカローズにはなかった。

余談だが、大人《おとな》しかったルナルクスはこのときロジオンの靴に見事な穴を空けていた。それも、二つ。

カインツフェル伯爵家とベルライト子爵家からそれぞれお礼の品が届いたのは数日後だ。

伯爵夫妻からは上等なリンゴ酒、オーランドからは海老や貝などの海産物で、早々とその日の晩餐に上った。海老の殻などは取り置いてほしいとロジオンが厨房に頼んでいたから、きっと別の日に美味な料理として登場するのだろう。

その席でエルカローズは二人の回復をロジオンに知らせた。

「それでは、モリス様もオーランド様もすっかり元気になられたのですね」

「はい。あんなに悩まされていた不調を感じなくなったそうです。感謝してもしきれないと言っていました。今度はご馳走したいと」

返礼してくれたのだから十分だと思うが、恩義を強く感じる性格は騎士の特徴かもしれない。そう述べると「似た者同士が集まっているのですね」と微笑まれたが、どういう意味なのか。

ともかく、剣宮には以前のような活気が戻ってきた。

落ち着いて頼りがいのあるモリスと明るく快活なオーランドの存在はなくてはならないものだ。仕事の軽減よりも雰囲気が明るくなったことがエルカローズには嬉しい。

しかし弊害もある。

書類を読んでいても、剣の手入れをしていても、訓示を聞くという重要な場でも、ロジオンの表情や声の調子が浮かんでしまう。

――エルカローズは特に…………とても可愛らしいと……。

そうしてその度に「うわあああ」と頭を抱えてしまう症状に悩まされていたのだ。

(あれはどういう意味ですか……？)

聞きたい。けれど聞けない。

自室で一人、このいくじなしと自らを罵《ののし》っているのがここ最近のエルカローズだ。

ならばきっかけを作ればいいと、果物やお菓子などお土産《みやげ》を手渡し、心証を良くしつつそれとなく「聞きたいことがあります」と言うはずが、毎度部屋に逃げる状態になっている。

それにも懲《こ》りずさらには「似合いそう」などと装身具を見てしまうから余計に悪い。本来の目的を忘れてロジオンが喜びそうなものを物色してしまい、時間が経っていることに気付いて慌《あわ》てて帰宅することも頻繁《ひんぱん》にあった。

その日もエルカローズは「どうぞ」と籠いっぱいの柑橘《かんきつ》を手渡した。

「初物が市場に出ていました。よかったら後で食べてください」

「ありがとうございます。もうそんな季節なのですね。後で一緒に食べましょう？」

彼の聖者の微笑みを見るとエルカローズの胸はとくんっと跳ねる。

「そ、そうですね。晩餐に出してもらいましょうか」

無理無理無理無理、私には無理！　気持ちを聞き出すなんてできるわけがない！

落ち着かない鼓動に気付かれそうでそそくさと背を向けたが、何故かロジオンがついてきた。

「ど、どうかしましたか？」

「少し部屋にお邪魔してもいいでしょうか？」

向こうから機会がやってきたが喜ぶよりも動揺してしまい「うえ!?」と声が出た。

不思議そうな顔をされたので慌てて手を振る。

「いえ大丈夫です、どうぞ！」

自室の扉を開くと真っ先にルナルクスが足元をすり抜け、長椅子に飛び乗った。前足を交差させてこちらを見る瞳が青く光る。

室内の洋燈《ようとう》を順に灯《とも》すのをロジオンが手伝ってくれた。

薄緑と木の色を活かした部屋はエルカローズの趣味だ。縦縞《たてじま》模様と草の意匠《いしょう》でまとめた家具類は可愛らしすぎず爽やかな印象で気に入っている。

「お仕事はいかがでしたか？」

「つつがなく、でした。……ええと」

「ああ、すみません。話があると言ったのは私でしたね」

エルカローズはロジオンに椅子を勧《すす》めた。端にルナルクス、離れたところにロジオンが座ると、自然エルカローズは二者に挟まれることになる。勇気を出してちょんと腰を下ろしたが、一瞬で跳ね上がると備え付けの戸棚に走った。

「リンゴ酒を飲みましょうか！　カインツフェル伯爵家からいただいたものがありますから！」

「いいですね。いただきます」

伯爵家推薦のリンゴ酒の封を開けて注ぎ、緊張しつつ尋ねた。

「それで……何か困ったことでもありましたか？」

「困ってはいませんが、悩んでいます。エルカローズ、このままでは物をいただいてばかりになってしまいます。何をきっかけにするかは自由ですが、たとえ贈り物がなかったとしても、私はあなたが望むなら私の時間のすべてを捧《ささ》げます」

エルカローズは表情を強張らせた。

「あ……あの、決して物で釣るつもりはなくて！」

「ええ、話題作りのためですよね。私を思って、気に入るだろうか似合うだろうかと考えてくれたのでしょう？　とても嬉しいです」

笑いながら、けれど、と彼は続ける。

「けれどももし贈り物をしてもらえるなら、あなたの気持ちを受け取りたい。装飾品よりもお菓子よりもあなたが私を大切に思ってくれる心があればそれで十分です」

つまり贈り物は迷惑というわけだ。

心がないわけではない、似合いそうなものや喜びそうなものを選んだ、ロジオンもそう認めてくれているけれど、言い訳に過ぎないと思った。心証をよくして話を聞き出そうと、ほんの少しでも考えたのは事実だからだ。

自己嫌悪に打ちのめされて言葉も出ない。

（あれはどういう意味ですかなんて――私をどう思いますかなんて、もう聞けない……）

失意のままリンゴ酒の杯を掴み、仰いだ。

爽やかな飲み口で、甘くも新鮮な辛味がある。

美味しい、それだけで心が慰められる。酒精が強くないこともあって軽々と杯を空けた。

空き瓶《びん》が一本、二本と増えていく。

そう時間が経たないうちに、エルカローズは寝そべるルナルクスに覆《おお》い被《かぶ》さり、酔いにとろとろと意識を溶かしていた。

すっかり酒に飲まれているとそれはそれは優しい声が降ってくる。

「エルカローズ、寝るなら寝台に行ってください」

「はぁい……」と答えつつもいまこの状態が気持ちよくて動けない。ルナルクスの毛並みと温かい身体は楽園からもたらされたかのようだ。昼間洗ったのだろう、石鹸《せっけん》のいい匂いがする。

「エルカローズ」

「……抱っこ」

ロジオンが目を瞬かせた。

「抱っこ。ぎゅーって。してくれたら、起きます」

困惑しきったロジオンの顔を見上げたとき、途端に視界が揺れた。下敷きにしていたルナルクスが抜け出したのだ。

顔を打ちそうになって身を起こさざるを得なくなってしまい、むうっとルナルクスに不満顔を向けると、いまにも舌打ちしそうなしかめ面を返される。

魔獣にも呆《あき》れられるほど酔っている。

(わかっています、わかっていますよぅだ)

ただリンゴ酒が――飲み慣れた水で薄めた酸っぱいブドウ酒ではなく、リンゴがそのままお酒に変身したかのようなそれがあまりに美味しくて。

甘酸っぱくて美味しくて、少し切なくなってしまっただけなのだ。

「水を持ってき、」

離れようとするロジオンの服の裾《すそ》を引っ掴む。

「いや。行かないでください」

「そうは言っても……少し酔いを醒《さ》ました方がいいですよ。言動がおかしいです」

「おかしい私は嫌いですか?」

ロジオンは返事をしない。それはそうだろう。

この人は私のことなんて好きじゃない。

結婚相手という札が貼られているだけの置物と同じだ。義務だから結婚する。そこに恋愛感情はない。恋い慕われるほどの魅力のある人間ではない自覚がある。

けれどここ数日の胸の騒がしい高鳴りとそれらの葛藤は、リンゴ酒の甘酸っぱさと辛味によく似ていたから、急に胸が締め付けられてたまらなくなってしまった。

「嫌いでは、ないですよ」

「なら好きなんですか？」

違うだろうとせせら笑うつもりで言い返す。

「好きなんですか？　全部捨てて結婚しようと思えるくらいに？」

緑の瞳は静かで、凪《な》いだ水面のようだ。感情が見えない。

悲しくなって目を背け、それでも強がりを唇の端に載せる。

「本当に私と結婚できるんですか？」

「二回も三回も言わないでください」

「三回は言ってな、っぁ!?」

両手首を掴まれ、反射的に跳ね除《の》けようとするが完全に押さえ込まれてしまった。

見下ろす瞳が先ほどとは違って、底光る強い輝きを放っている。

「言っている意味をわかっていないでしょう」

「わ、」

「――『わかっている』なんて言ったら、わかるよな？」

いままさに口にしようとしたそれを舌先で飲み込む。

ここに来て初めてとてつもない何かの気配を感じて、エルカローズはごくりと息を飲んだ。

ゆっくりと、だが確実に酔いが醒めていく。ロジオンが本気でいままで見せたことがない『大人』の顔をして腹を立てていると察せられないほど愚かではなかった。

(口調がいつもと違う……)

初めて会ったときから彼はずっとエルカローズに対して丁寧に接していた。そうすべき出会いで、段階を踏むべきだと考えていたからだろう。こちらが十八の娘で、従属するべき立場だなんて微塵《みじん》も思わせない礼節を尽くした態度だった。

それに甘えすぎて、この状況だ。

沈黙の中、ふとロジオンは語調を和《やわ》らげた。

「……どうして怒っているのですか?」

苦笑混じりの問いかけにエルカローズは込み上げた感情を殺しながら身じろぎした。

「怒っているのはロジオン様の方でしょう」

「怒っていませんよ。怒りを感じたことは久しくありません。もしそう見えるのならどんな顔をしていいのかわからなくて困っているだけです」

嘘だ。エルカローズが怯《おび》えていると感じたからそう言っているだけだ。

離した右手で頬をなぞられ、びくっとした。

「酔いに任せたとしても、どうして煽《あお》るようなことを言うのですか?」

「煽って、な、」

「煽ったでしょう」と言いながら頬を撫でる指先こそがそれなのではないだろうか。唇を震わせて目を背けた。言いたくないことまで暴かれてしまいそうだった。

「ばうっ！」

空気が割れた。

「がうっばうっばうっ！」

椅子の周りをぐるぐる回っていたルナルクスが激しい声で鳴き、飛びかかってきた。

「おっと」

ひらりとそれを避《よ》けたロジオンは、エルカローズを抱きかかえると大股で隣の寝室に入り、ルナルクスの鼻先で扉を閉め、鍵をかけてしまった。

(すごいな!?　特殊訓練でも受けたみたいだ)

騎士等の戦闘職には傷病者や物資等を想定した荷を担いで移動する訓練が課せられる。みっちりそれを受けてきたような早業《はやわざ》だった。

降ろされながらも理解が追いつかずぼうっとしていたエルカローズは、瞳に射抜かれて一、二歩後退《あとずさ》りする。

宝石で作り上げたような美貌とそこに浮かぶ穏やかな苦笑。がっしりした肩、腕、足。引きしまった身体。大きな手のひら。襟元をくつろがせながらも窮屈そうな太い首。いま気付かなくていいものばかりが目に入る。

「怯えないで。傷付いてしまいます」

「台詞が行動に伴っていないんですが⁉」

どの口がそれを言うのか、ロジオンはエルカローズの背面に扉が来るよう囲い込む。ルナルクスが引っ掻《か》き、体当たりする扉は、そうすることでさらに開きにくくなってしまった。

竦み上がるエルカローズをロジオンは小さく笑う。

「――あなたのことが好きですし、早く結婚して、いちゃいちゃしたいですよ」

ぶわっと全身が火を噴いた。

「う、嘘を」

「嘘なんて吐きません。私はあなたが好きです。真の愛をあなたとカーリアに誓います」

光花神に愛された人がそれに誓うというのなら、否定するほど意味のないことはない。

けれど信じられない。

背後で扉が揺れている。けれどエルカローズはますますそれに背中を押し付けた。

「私が嫌いですか？」

「そ、そんなことは……」

「なら、好き？」

どこかで聞いたようなやり取りであることにも気付けない。すぐ近くに感じる彼の体温と息遣いがエルカローズを惑乱する。

「予言など関係なく一人の男としてあなたを好きでいる私は、あなたにとって何ですか？」

どうしてだろう、思い浮かぶのは――兄の部屋に続く扉。

毎日のように体調を崩し家族から心配されていた兄に対して、健康そのものだったエルカローズは閉め出され、部屋に入ろうとする人を引き止めることも、中にいる人を引っ張り出すことも許されなかった。

そうすると一人でいるほかなく、必然、誰の手も煩《わずら》わせない人間になろうと考えた。そうであろうとしているのがいまだ。

エルカローズの芯《しん》にあるそれをロジオンは不躾《ぶしつけ》に揺さぶってくる。

「あなたがその言葉を口にすることを躊躇《ためら》うのは何故ですか？」

「だっ」

――何故その言葉が口を突いたのかはわからない。

けれど多分それが真実だったのだ。

「誰も、私のものにはならない、から……」

誰かと遊びたいと思っても。

悲しいことがあって泣きたいときも。

褒めてほしいことがあっても、なんとなくそばにいてほしいときも。

みんな扉の向こうに消えてしまう。たとえどんなに好きな両親であっても。

家族でさえそうなら、誰が私のそばにいてくれるというのだろう？

大きく見開かれた緑の瞳が力なく呟いたエルカローズを映している。

やがて瞳は伏せられ、熱い両手が肩を掴み、背中へ滑っていく。柔らかな金の髪に頬と首筋をくすぐられながら、抱き寄せられた。

「私が」と、ロジオンは言った。

「私が、あなたのものになります。そしてあなたは私のものです」

エルカローズは目を見開いた。

「そっそれはだめです!!」

前のめりで力一杯叫ぶ。ロジオンが仰《の》け反《ぞ》るのも気付かないまま。

「だめですそれは！　あなたはみんなのものです。大勢の救いと癒やしの象徴なんです！　譲り合いというか誰かのものにしてはいけないというか、独占なんてできません、子どもの玩具《おもちゃ》じゃあるまいし。いえそうでなくとも人間を『もの』扱いするのはいかがなものかと、」

「ふはっ」

聞き慣れない声を耳にして、エルカローズは動きを止めた。

口元を覆ったロジオンが明後日《あさって》の方向を向いてぷるぷると震えている。

「……失礼しました。あなたがどこまでもあなたらしいので、つい」

断りを入れながらも口を隠して笑う彼は、先ほどともいつもとも違う呆れた表情で、込み上げる愛《いと》おしさを浮かべた瞳でこちらを見つめている。

いままでとは違う居心地の悪さにエルカローズは身じろぎした。

自分たちを取り巻いていた空気が弛緩《しかん》し、温《ぬる》く浮ついたそれが妙な距離感を作り出している。

夢を見ていたかのようにぼうっとして、なのに一部分だけが冷静だった。

彼が知らない人のように甘く囁いたことはちゃんと覚えている。見つめる瞳からわずかに視線を逸《そ》らしてしまうのは照れているからだと自覚できる。

だから答えを告げるべきだということもわかっていた。

ロジオンのことは嫌いではない。

あなたのものになると言ってくれたとき、咄嗟《とっさ》にだめだと言ってしまったけれど、そうなったらどんなに嬉しいだろうと思った。

(……どう、答えればいいんだろう。もうちょっと周りの恋愛話に耳を傾けておくんだった)

気負った答えを返してがっかりされたくない。けれどエルカローズは口が上手くない。

なら思うままに伝えればいいだろうか。彼が不器用な言葉並びから真実を拾い上げてくれるなら多分自分たちは上手くやれる気がするから。

「あの、ロジオン様……」

「はい」と答える表情は、名前を呼ばれることだけでも幸せだというようで、エルカローズはなんとかまとめようとしていた言葉をすべて吹き飛ばしてしまった。

（……この人は……本当に私のことが好きなんだ……）

そんなことがあるのかと半ば呆然《ぼうぜん》としながら、恐る恐る尋ねていた。

「私は、あなたの『良き伴侶』になれるでしょうか……？」

掻き集めた思いの欠片で作った問いに。

ロジオンは目を細めて頷き、エルカローズを腕の中に閉じ込める。

「よ、予言で定められた出会いに思わないところがないわけではありません。けれど、けれど……あなたの気持ちに応えたい。……私だってあなたに、惹か、惹かれています」

これまでよりも力強く熱く感じる彼の存在に身を固くしながら早口で言った。恥ずかしくて顔を見られないし、あわあわしてしまうのを律しようとして頼りない言い方になったが、そんなところすら可愛がるみたいにロジオンはずっとエルカローズを撫でていた。

「あなたの言葉を信じます。いまここで誓いましょう」

ロジオンが跪《ひざまず》く。右手を取られ、神秘的なほど美しい緑の瞳に胸を射抜かれる。

「光花神の名の下《もと》に、あなたを愛し、守り抜くと誓います」

それは騎士の誓い。

「今度は少しずつ夫婦になりましょう」

あるいはこれから関係を築く二人のための。

右手の甲に口付けが落とされる。

　こうして誓ってくれるとは思わなかったせいか、胸の高鳴りとともに全身を満たす喜びが笑顔を形作った。敬愛を込めた挨拶をしたことは何度もあるけれど、守り慈しむものとして宣誓されるのはこんな気持ちなのか。

（なんだか自分がとても大事なものになった気がする）

　誓言には復答《ふくとう》を。慣例に従ってエルカローズは口を開く。

「あなたの献身を裏切ることのない者たらんことをお約束いたします。……ありがとうございます、ロジオン様」

　そして祝福の口付けを贈る――はずだったのだが。

（……………えっ……接吻《キス》!?）

　突然冷静になった。

（接吻していいの？　本当に？　嫌がられない？　早いと言われない？）

「……エルカローズ？」と不思議な顔をされるのも無理はない。流れをぶった切ったも同然だし不審そのもので申し訳なさすぎる。ここで嫌がられていると思われたくもない。頭の中で自問自答を繰り返していたエルカローズは思い切りそれを振り払って気合いを入れた。

「ロジオン様！　く、口付けさせていただいて、よろしいでしょうか!?」

　ロジオンは――崩れ落ちた。

「うわっ！　ロジオン様!?　大丈夫ですか、具合が悪いんですか？　横になった方が」

「――どこまで私を虜《とりこ》にするつもりですかあなたは」

そうして頬に触れる、甘い感触。

矢継ぎ早に言ったエルカローズをそこで捕まえて、ロジオンは触れた唇で囁いた。

「あなたは高潔で誠実でとても可愛い人だ――私の花《ミア・ローザ》」

エルカローズは真っ赤な顔を覆った。

（口付けするつもりが、逆に口付けられてしまった……）

うう、と羞恥《しゅうち》に悶えているといつの間にか腕にしっかり囲い込まれている。

ロジオンは唇や鼻先を寄せて愛情表現を繰り返していたが、やがて耳、首筋、鎖骨の近くと触れる場所が大胆になってきた。

「……え、あ!?　ちょっ」

ばきぃん、と扉を破る音がした。

咄嗟に引き寄せられたので壊れた扉の下敷きにならずに済んだものの、向こうの部屋からゆうらりと姿を現した白い獣の姿に、抵抗するのを忘れてエルカローズの顔は引きつった。

ぎらぎらと光る青の目とぐるるという唸り声。どこから見ても、怒っている。

「ルナルクス、待……うぐっ！」

ルナルクスは、制止も聞かず飛びかかってきた。

だが覚悟した痛みはなかった。

ロジオンが抱えてくれたおかげで床に叩《たた》きつけられはしなかったものの、息ができなくなるほど顔中をべたべたにされた。のしかかってきたルナルクスがただただ顔を舐《な》めてくるのだ。

寂しかったとでもいうような表現に、エルカローズは押し倒された姿勢のまま、はあとため息を吐いた。急にどっと疲れた。

ふと目を上げるとロジオンがじぃー……っとその様子を見つめていた。

「……なんだか高度ないちゃいちゃを見せつけられているような気がします」

ちょっと何言ってるかわかんない――と普段なら絶対にしないような口を利《き》きかける。

「エルカローズ。後で私もいちゃいちゃしたいです」

「はっ⁉　痛たっ！」

勢いよく起き上がりかけたエルカローズの頬に、ルナルクスの平手打ちが炸裂《さくれつ》する。

「夫婦になる第一歩として。ね？」

彼の笑顔は眩しかった。両手で顔を覆ってしまったエルカローズに、ルナルクスが何度も「てしっ、てしっ」と平手を見舞い、食事をしないまま長らく降りてこない主人たちを心配した使用人たちが踏み込むまでしばしその混沌《こんとん》は続いたが、少なくともこの日エルカローズとロジオンの関係は進んだ――前か後ろにかは、別として。

第4章　すれ違いは彼のために

晩餐《ばんさん》後の談話室。そこがエルカローズとロジオンがルナルクスを交《まじ》えて過ごす場所になった。

ロジオンが作った菓子を摘《つま》みながら、それぞれ本を読んだり、刺繍《ししゅう》を教えてもらったりしながらとりとめのない話をした。

神教庁で親しかった兄弟姉妹のことも聞いたし、料理好きを深めるきっかけになった『魔法《ウェネ》使い《フィカ》』と呼ばれた女性との思い出や、失敗して食べられたものではなかった料理の話など、どこか身近な思い出話を聞く度《たび》に、少しずつ少しずつ、距離が縮まっていくのを感じた。

一方エルカローズも「病弱な兄がいて」と幼い頃のことをいまでも夢に見るのだと話した。

「兄が重篤《じゅうとく》な状態になったとき、私は祖父母の家に預けられたんです。祖父は騎士爵でしたが貴族ではなかったので、長閑《のどか》な地方で伸び伸びと育てられました。兄の病状が落ち着いて実家に戻《もど》ってからは毎日窮屈で仕方なかったです」

平民であった祖父が騎士になれたのは当時戦争があったからだ。騎士爵の子として生まれた父も騎士となり、伯爵令嬢だった母に見初《みそ》められて婿《むこ》に入った。だから家を出た息子の代わりのように泥だらけで遊び回り、嫌がらずに鍛錬《たんれん》をする孫のエルカローズを可愛《かわい》がってくれた。

「祖母の料理が楽しみでした。だから宮廷料理より地方の家庭料理の方が舌に馴染《なじ》んでいるし食べていて安心できるんです。堅苦しい作法も気にしすぎなくていいですしね」

最後は冗談混じりに言って肩を竦《すく》めると、ふと伸びた手に撫《な》でられる。

誰も私のものにならない――そばにいてくれないと思っていたいつかの少女のための手だ。

(大丈夫です。いまはあなたがいますから)

けれど臆病なエルカローズはその言葉を飲み込み、膝《ひざ》の上に乗りたがっていたルナルクスの上半身を抱えるようにしてふかふか撫でた。

ある夜などはこうして二人でいることが夢なのではないかと不安にもなった。穏やかで温かな時間を共有できる相手がいて、それがロジオンのように素晴らしい人であることが何かの間違いのような気さえした。

「ロジオン様はその……私のどこがお気に召したんでしょう……?」

「語り始めると夜明けまでかかりますねえ」

そうすることもやぶさかではないと微笑《ほほえ》みながら躙《にじ》り寄る彼から少し距離を取る。

「真面目《まじめ》に聞いているんですが」

「私も真面目に答えています。毎日好きだと思ったり可愛らしいと思ったりするところを見つけるものですから」

(耐えろ私！　こうしていればいつか耐性が付くはずだから！)

赤い顔で耐え忍ぶエルカローズを笑う声は、愛《いと》しいものに向ける甘い響きを帯びている。

「あなたのそういう恥ずかしがりなところを可愛いと思いますし、真《ま》っ直《す》ぐなところも、自分の意思を貫こうとする懸命さも凛々《りり》しくて素敵です。私の恋は癒やしたい、守りたい、慈しみたいと思うことだったようで、甘やかしたいと思ったときにはもうあなたが好きでした」

さらさらさら、と砂糖の粒を零《こぼ》すように告げられる。

甘やかしたい、と告げられたときのことを思い出す。ケーキが焼ける甘い香りが漂う炊事場だった。出会って一ヶ月経《た》つかどうかという頃だ。

「……かなり、その、早い段階です、ね？」

どぎまぎして顔を強張《こわば》らせるエルカローズに「そうですね」とロジオンはゆったりと笑う。

「光花神の奉仕者は私物らしいものをほとんど持っていません。あったとしてもみんなが持っているようなものなので」

「はい」とその話がどこに繋《つな》がっているのかわからないまま相槌《あいづち》を打つ。

「あなたは私にとって初めての、他に替えることができない唯一の『妻』なのだと思うと、たまらなくなってしまって」

「…………」

「ここまではっきりと独占欲を感じるのも初めてのことです」

初めてのだとか妻だとかたまらないとか独占欲とか。

いったいどう反応しろというのか！

エルカローズは無力だった。顔を覆《おお》って叫びを堪《こら》えることしかできなかった。のしかかってくるルナルクスに横倒しにされてぺろぺろ舐《な》められて、丸まる姿は乙女というより団子虫だ。

そんな状態でも「早いうちにご家族やご祖父母様にご挨拶《あいさつ》しなければいけませんね」と言ってくれたのは嬉《うれ》しかった。

夜が更《ふ》けてくるとどちらからともなくそろそろ寝《やす》もうという話になるのだが、この夜のエルカローズはロジオンに「相談なんですが」と真面目な話を切り出した。

「王弟殿下に状況を報告したところ、ルナルクスを黒の樹海に帰す頃合いではないかということになりました。私とモリス様とオーランドで連れていくのですが、ロジオン様ならば同行しても良いと殿下から許可をいただいています。どうしますか？」

「お伴《とも》します」

すぐに返答したロジオンは途端《とたん》に寂しげな顔になる。

視線の先では、玩具《おもちゃ》を並べ毛布で作ったお気に入りの場所にルナルクスが丸くなっている。

「長く一緒にいましたから、お別れは寂しいですね……仕方がないことですけれど」

「そうですね。最初は大変でしたが、ロジオン様が来てからはルナルクスと過ごすのが楽しくなりました。魔獣とは何だろうと考えてしまうくらいにはただ賢い犬にしか見えませんし」

ぴー……ぷぴー……と気の抜けた寝息がするが、耳が動くので会話は聞こえているはずだ。

ロジオンもルナルクスのいる日々を慈しんできたのだと知り、安堵《あんど》に満たされる。それは多分エルカローズが自らのすべきことを果たしたからこそ守られたものだろうからだ。

しかし別れがたくはあっても侵《おか》してはならない領分がある。

ルナルクスは魔獣で、ここは人の社会だ。たとえどんなに人の言葉を理解できる知性の高い獣だとしても、この場所で暮らすには多くのものが足りない。ルナルクスの人の世界に対する意識や、呪いの力のこと。そして人々の魔獣への理解や考え方。

「最後の日には美味《おい》しいものをたくさん食べさせてやりましょうね」

そう言うと、ロジオンはルナルクスの眠りを妨げないよう静かに深く頷《うなず》いてくれた。


その日は朝から雨の気配がしていた。

大気がどんどん湿って冷たくなる合間に女官や侍従たちが窓を閉めて回っていた。侍女たちは急な冷え込みに震え、早く冬のお仕着せや防寒着を出し、剣《スパーダ》宮も冬支度をしなければならないと話し合っている。

「エルカローズ、今日も顔色がよくないけど、また頭痛かい？　薬湯をもらってこようか」

部屋に入ってくるなりオーランドが言った。一昨日は頭痛、昨日は発熱を伴っていて、エルカローズが薬室で薬をもらったことを知っているのだった。

「大丈夫、用事のついでに薬室に寄ってくるから」

「ちゃんと休みなよ？　その様子だと心配するロジオンにも笑って誤魔化《ごまか》してるんだろう」

ロジオンに「今日はお休みにしては？」と言われるのを大丈夫だと受け流していることは、エルカローズたち当事者と家の者たちしか知らないはずだが、そんなにわかりやすいのか。

つい「あはは……」と笑うと「あははじゃない」と叱《しか》られたが、これ以上捕まるとぼろが出そうだったので用を済ませてくると部屋を出た。

一人になって息を吐いたとき、ずきん、と頭が鈍《にぶ》く痛んだ。

（……嫌だな、痛みが強くなってきた）

近衛騎士団の備品を管理している騎士に雨除《よ》けの外套《がいとう》を三着貸し出してもらう手続きを終えると、いつも以上に頭が重く締め付けられる感覚が増してきた。

（馬車と馬の手配、水と携行食は頼んだし、外套の貸出申請もした……うん、大丈夫……）

ずん。ずん。

黒の樹海に行くための準備は着々と進んでいる。三名もの騎士が魔の領域に赴《おもむ》く表向きの理由は王弟殿下の命令によるものとなっているので、備品の類《たぐい》はちゃんと申請するようにというモリスの指示だった。

ずき。ずき。ずき。

（……頭、痛い）

仕事の合間に動き回っているといっても軽微なものなのに、しばらく歩いていると息が切れてくる。肺や喉が狭くなったかのように息苦しく、肌は冷たいのにこめかみから汗が伝う。

痛みは次第に激しくなり、くらくらという目眩《めまい》を起こした。

（痛い。気持ちが悪い……）

がん。がん。がん。がん。打ち鳴らすような頭痛とそれに伴う吐き気を堪えて歩いていたが、やがて視界が明滅し始め、横になりたくてたまらなくなってきた。

冷たい壁に背を貼り付け、ずるずると座り込む。人目につかないよう柱の陰を選ぶだけの理性はあったけれど、思考はみるみるぼやけていく。

（なんだこれ……なんでこんな……）

力が抜ける。自分の身体《からだ》はこんなに重くて熱いのか、痛みと苦しさに喘《あえ》ぎながら思い知る。

混乱していたがこの症状はよく知っている。

（呪い）

癒えたはずではなかったのか。それとも新たな呪いを受けたのか。

呪ったのはルナルクスなのか？

裏切られたという思いといやそんなはずはないという否定がせめぎ合う。

少なくとも誰かに見つかったら騒ぎになる。反論する方法を持たずに追い立てられたルナルクスが牙を剥《む》くようなことがあれば今度こそお咎《とが》めなしでは済まない。最悪、殺される。

早く戻らなければ。そう思うのに足が萎《な》えて立ち上がれない。焦《あせ》りばかりが募《つの》り、襲い来る不安が心を弱める。見つかってはいけない、なのに心細くて誰か来てほしいと思う。

そうして浮かぶのは金の薔薇《ばら》のようなあの人の姿で。

以前なら耐えられたものがいまはできなくなっていた。記憶の中の彼に助けを求めてしまう。

「…………ン、さま……」

意識を保てず、目を閉じた。

遠くで雷鳴が聞こえていた。

＊

アルヴェタイン王国にやってきて初めての雨が降るかもしれない。

待ち遠しく思うはずが胸騒ぎがして、ロジオンは玄関広間の窓から門を眺めていた。

頭の隅《すみ》では、身体を冷やして帰ってくるエルカローズとルナルクスのために温かい食べ物なり飲み物なりを準備しなければとか、冬物の衣類や寝具を準備した方がいいかセレーラに相談しようなどと考えているのに、ここにいなければならないと強く感じる。

（エルカローズとのことが上手《うま》くいきすぎていて怖くなったのか？）

私の花《ミア・ローザ》と呼ぶ未来の妻のことを思うと、騒ぎ立つ心にも温《ぬく》もりが宿る。

柔らかな波を描く黒髪も、星の輝きを放つ黒い瞳も、太陽の祝福を受けた肌を美しく感じるほかにも、褒《ほ》められたり大事にされたりすることに慣れていないのが切なくも愛おしい。

幸せにしたい。それがロジオンの恋だった。

(早く帰ってこないだろうか)

帰宅予定の時間はまだ遠いけれど顔を見て声を聞きたかった。

そのうち窓から覗《のぞ》く景色が歪《ゆが》んだ。雨が降ってきたのだ。

「旦那様、そこにいると冷えます。お部屋に戻られませんか?」

この館《やかた》にいる誰もが不躾《ぶしつけ》にやってきたロジオンを『旦那様』として扱う。恐らく主人であるエルカローズがそうするよう言い聞かせ続けたのだと思うとその誠意に頭が下がる。

エルカローズ付きのミオンに声をかけられ、しばらく迷ったが、ここで振り切らなければいつまでも立っていてしまいそうだった。

「……そうですね、部屋で手紙を書くことにします、神教庁の姉妹たちに近況を——」

ぴかっ、どしゃーん、という凄《すさ》まじい光と音。

続いて滝のような雨が降り出した。静かだった玄関広間がたちまち轟音《ごうおん》に包まれる。

「びっくりしましたね、雷なんて。どこに落ちたんでしょうか。……旦那様?」

ミオンの言葉は聞こえていなかった。

雨粒が流れ落ちる窓硝子《ガラス》の向こうに動くものが見えた気がしたのだ。

果たして、それは黒い馬車の形になった。見間違いではない、豪雨の中を馬車が走ってくる。

ロジオンが扉を開けると凄まじい風と雨が吹き込んできた。ずぶ濡《ぬ》れになるが、迎えなければならないという気持ちが勝《まさ》る。

馬車から飛び出してきたオーランドに、心臓がどくりと嫌な音を立てた。

「ロジオン！　こんな訪問で申し訳ない。人を呼んでくれないだろうか。車内に、」

聞くが早く、ロジオンは馬車に飛びつくようにして中を覗き込んだ。

外套に包まれたエルカローズがいた。しかし目は閉じられ、苦しげな呼吸をしている。

自宅に戻ってきたこともわからないような彼女を抱き上げた。

「行き倒れていたところを通りすがりの女官が見つけて、知らせてくれた。状態を説明したらすぐに王弟殿下が医師に診《み》せる許可をくださったんだけど、病によるものではないらしくて」

病でない、その原因をロジオンは知っていた。

閃光《せんこう》が走り、ごおおんと雷鳴が轟《とどろ》いた。

「――呪いなのですか？　いったい誰が……」

「わからない。でも陛下や殿下方に危険が及ぶとも限らないから、城は一部閉鎖状態だ。早く原因を排除しなければ」

その口振りは心当たりがあると察せずにはいられないものだ。

何かの間違いではないかと尋《たず》ねようとしたとき。

横殴りの雨の中を、泥を跳ね飛ばしてルナルクスが駆けてきた。

エルカローズを追ってきたのだろう、脇目《わきめ》も振らず疾《はし》る彼だったが、鋭く空を切った石飛礫《いしつぶて》に行く手を阻《はば》まれた。

「出て行け、魔物！」

見れば、石や木の枝を持ったガルトンたちが怒りの形相で飛び出してくるところだった。

「お前のせいでご主人様は……！　もう許さねえ！」

「二度とご主人様と旦那様に近付くな！」

雨のごとく次々に石を投げつけられ、ルナルクスは右往左往しながら後退する。

「止《や》めなさい！　ルナルクスが原因とは限らないでしょう！」

驚愕《きょうがく》に言葉を失いかけたロジオンが鋭く叱責《しっせき》するが、誰も聞いていない。身を守るために必死で脅威を追い払おうとしている彼らに届くはずがない。

「…………」

「エルカローズ？」

腕の中でうっすらと目を開けた彼女が囁《ささや》く。

――守らなければ。

「……オーランド様、エルカローズを頼みます。万が一取り落とすことがあれば、」

続きは雷鳴に掻《か》き消されたと思ったがしっかり届いたらしい。一瞬で青ざめたオーランドは言葉もなくこくこくこくと頷いた。

そうしてロジオンは毅然《きぜん》と雨の中を突き進む。

(頼り甘えることを知らないエルカローズの願い。その稀有《けう》な望みを叶《かな》えないわけがない)

それが魔獣《ルナルクス》を守ることならば、この身を挺《てい》すまで。

「旦那様！　退いてください！　そいつを庇《かば》うなら旦那様も同罪ですよ！」

彼らとルナルクスの間に立つロジオンを、雨粒が強く殴りつける。

憎悪を向ける人々に感じたのは哀《あわ》れみと悲しみだった。そして彼らの平穏を守りきることができなかった己の未熟さを恥じた。正しい距離と節度を持てば脅《おびや》かされることはないとルナルクスと行動をともにすることで示してきたつもりだが、伝わらなければ意味がない。

「何をもって罪と言うのですか。たった一頭の無力な魔獣に多勢で石を投げることが正義なら、私は喜んで打たれます」

微笑みをたたえたロジオンに畏怖《いふ》と失望の眼差《まなざ》しが突き刺さる。

それらを受け止めて身を返し、震えるルナルクスに手を差し伸べた。

正直に言えば、気に食わない。

エルカローズは忘れがちだがルナルクスは雄だ。人でないことを利用して彼女にべたついているのは気のせいではないと思う。彼は心の底からエルカローズを慕い、そばにあろうとしている。ともすれば乙女を守る騎士のように。

それでも排除するほどルナルクスが憎いわけではない。ロジオンの知らないエルカローズの表情を引き出す能力は認めているし、向こうもそう思っていると半ば確信している。そして聖者としての感覚もルナルクスが悪質なものではないことを知らせていた。

「ルナルクス、おいで。私がいるからエルカローズは大丈夫」

古家になら匿《かくま》える。エルカローズを癒やしている間、彼女に近付くことを我慢してくれれば、その間にオーランドたちの力を借りて原因を突き止めることもできるはずだ。

ルナルクスは一歩、二歩と足を後ろに引く。

迷った時間は短かった。

雨の世界が作り出す闇の中で瞳をきらめかせたかと思うと、ルナルクスは門を越えて敷地から飛び出していく。

「ルナルクス！　ルナルクス――」

その姿は激しい雨に掻き消されてしまう。

（ここにはいられないと思ったのか。まさか呪いの原因に心当たりがある……？）

だが考えるよりも先にすべきことがある。

「厨房《ちゅうぼう》に知らせてください。エルカローズに食べさせるものを作ります。材料は――」

館に戻ったロジオンはずぶ濡れの衣服を着替えながら控《ひか》えているゲイリーに指示を出した。

エルカローズは自室で休んでいる。気を利《き》かせたオーランドが運んで行ってくれた。

ちなみにロジオンは彼のことも好敵手と見ている。というより小舅《こじゅうと》に近いか。初めて会ったときエルカローズを近くで見守ってきた自負が垣間《かいま》見えたので柄にもなく牽制《けんせい》するような言動ばかりしてしまったのだが、結果的に好かれたようで良い味方を得たと思う。

そんなことを思い返しながら濡れた髪を絞る。逃げ去ったルナルクスを指してガルトンたちが「そら見たことか」と薄ら笑いしていた記憶も一緒にぎゅうぎゅうと絞り出して忘れる。

そうして早足で厨房に駆け込んだ。

時間がないため、用意してもらったもので即席スープを作った。

葉物野菜と燻製《くんせい》肉の切れ端を煮て、塩と胡椒《こしょう》、旱芹《バセリ》で味を整えた、手間をかけたとは言いがたいスープを手に、エルカローズの元へ急ぐ。看《み》ていてくれたセレーラが扉を開けてくれた。

明かりを最低限にしてある室内でエルカローズの上半身を起こし、匙《さじ》にスープを掬《すく》う。

「エルカローズ。スープです」

苦しむ者の口に無理やり食べ物をねじ込むのは気が引けたが、やむを得ない。少しでも食べることができれば苦しみは和《やわ》らぐはずだからと良心の痛みに耐える。

「…………っ、げほっ、ごっ、ごほっ！」

激しく噎《む》せたエルカローズの汚れた口元を素早く手巾《しゅきん》で拭《ぬぐ》い、様子を見守る。数分もすれば目を開けてきっとロジオンを呼ぶだろう。

待つ時間はずいぶん長く感じられた。ロジオンの焦りと比例するかのように彼女の呼吸は荒く激しい。この姿勢が苦痛らしく何度か悶《もだ》えるような呻《うめ》き声を発した。

だが、変化が起こらない。

罪悪感を押し殺して再びスープを飲ませる。

二口、三口と続けたが、エルカローズはうなされたままだ。

「…………」

真に叶えたい願いのために何百回と礼拝をする願掛けの方法がある。

それと同じ気持ちで、繰り返し祈りの道を歩むように慈悲だけを求めて無心で匙を運んだ。

ここで心を折るわけにはいかなかった。

エルカローズが目を開けたとき、器のスープは半分も残っていなかった。

「…………」

「ご主人様！　ああ、気が付いたんですね！」

セレーラ、と確かめるように名を呼び、次に透き通る黒い瞳がロジオンを見つける。

「話はまた明日に。どうかいまはゆっくりお休みになってください」

そっと声をかけると、命じられたかのように彼女は眠りに引き込まれていった。

身体を横たえ、その呼吸が落ち着いているのを見届けて、ロジオンはセレーラに部屋を出るよう促《うなが》した。交代で様子を見に行く段取りをつける間、セレーラが「大丈夫でしょうか」としきりに言って部屋を見やるのに、ロジオンは上手く答えることができなかった。

「私がここにいる以上、絶対に彼女を守ります」

そんなありふれた言葉で誤魔化すほかなく、失意に苛《さいな》まれながら自室に戻る。

棚に置いた光花神を示す紋章の前で膝を折った。

(彼女を救わなければならないのです。まだ私には力が必要です。光花神よ、どうか)

試練が来たと思った。

予言を伴った結婚が何の波風もなく終わるはずがないと、心のどこかで思っていたけれど、いまでなくともよかっただろうに、と少し女神を恨んだ。

＊

あの雨の日に倒れて以来、エルカローズは寝台に舞い戻ってしまった。

体調は一進一退でおかしな波があるが、ロジオンのおかげで倒れた日のようなひどい症状はない。仕事の復帰は様子を見ながら決めなければならないが、昨日は自分で食事を摂ることができたし、見舞いに来たオーランドと話すこともできるようになっていた。

目が覚めるとずいぶん明るかった。とっくに正午を過ぎているらしい。

(手紙は、無事に届いただろうか……)

体調のいいときに書いた手紙、その宛先はこの王都の修道院長――エルカローズとロジオンの結婚に際して仲立ちをした一人、ランチェス修道院の修道司祭アスキアラだ。

内容はエルカローズの体調不良と呪いの関係性、そして、ロジオンに対するとある心配事について相談するものだった。

寝返りを打ち、床にとぐろを巻いた汚れが残っているのを見つけて、ふっと口元を綻《ほころ》ばせた。

(ルナルクス、今日も来ていたんだな)

最初は気のせいかと思ったが、誰かが立ち入ったような気配が日に日に強くなるのでもしかしたらと思ったのだ。ロジオンが部屋の扉を開けたままにしておくようになったのも同じことに気付いたからだろう。

(きっと以前のようにひどく汚れているんだろう。お腹《なか》を空《す》かせているだろうし、暖かい寝床でちゃんと休めているのか……)

本当にエルカローズを呪っているのはルナルクスなのかという疑惑もそのままだ。

自由に動くことができたなら。ままならないことが悔しくて天井を仰《あお》いだ顔に腕を押し当てたとき、扉が叩《たた》かれる音がして、ロジオンが姿を現した。

「目が覚めていましたか。食事を持ってきました。食べられそうですか?」

「はい」

食欲が出始めたのを見越してか、パンを鶏肉《とりにく》のスープに浸《ひた》したものが昼食だった。脂身の少ない部位を使い、エシャロットと一緒に煮込んである。風味は刺激的だが、食べるとほどよく甘く、親しみ深い味がする。

食べて横になると、ロジオンは何も言わず床を掃《は》いていた。

その姿に不審なところも変わった様子もない。視線に笑みを返してくれるのもいつも通りだ。

(ロジオン様、私に隠し事をしていませんか？)

——祝福の力を失っていませんか？

以前は一口飲むだけで回復した。なのにいまその効果が発揮されないのは、呪いが強いだけでなく、ロジオンの祝福の力が失われたか弱まっているせいではないか。

尋ねて、答えてくれるだろうか。笑ってはぐらかされるのではないか。何も言ってもらえないのは臥《ふ》せっているエルカローズを気遣ってのことだと思うけれど、健康なら打ち明けてもらえたかというと、自信がない。その強い不安や悲しみもやはり体調不良が原因だ。

だがここまで不調が改善されないのはおかしい、と当事者だから気付ける。

大きな声では言えないけれど、二人の関係は夫婦に近しいものになりつつある。結婚という決定的なものではないのに力を喪失するのか、疑問に感じたから修道司祭に手紙を送ったのだ。きっと神教会の、事情を知る人に取り次いでくれると信じて。

掃除を終えて立ち去ろうとするロジオンに、声をかけた。

「ちゃんと食べて寝ていますか？」

「あなたがそれを訊《き》くのですか？」

きょとんとされた。聖職者だったせいだろうか、力が不安定になっていることを不安に思わないわけがないのに弱者《エルカローズ》の前ではそれを隠す。

そのことを寂しいと思うし、仕方がないとも思った。

「……心当たりがなければそれでいいんです」

これ以上探られたくはないだろうと、背を向けて目を閉じた。

肩まで毛布を引き上げてくれたロジオンがそのとき、「エルカローズ」と耳元に囁いた。

「今夜、部屋を訪ねてもいいですか？」

「…………………っへゃ!?」

ぞくぞくしたものが背中を巡った衝撃で身を起こす。

「静かに。誰かに知られると謀《はかりごと》の邪魔をされてしまいますから」

「しー」と口元に指を立てるロジオンはいつになく楽しそうだった。


その夜、ロジオンは本当に部屋に忍んできた。

罠《わな》を仕掛けるためだ。

寝台の下に、もちもちのパンと水、人形などの玩具を置く。そのうちの一つは急ぎで作ったという新しいものだ。継ぎ合わせた布の中に綿を詰め、さらに鈴を忍ばせてある。転がせば音が鳴るので、静かになる夜半過ぎなら隣室にも聞こえるはずだという。

「夜更けに起こしてしまうかもしれませんけれど、なるべく静かにしますから」

「心配しなくて大丈夫です。思いきりやってください」

ロジオンは隣の部屋に潜《ひそ》み、エルカローズは普段通りにしようと決めて寝ることにした。

そうしてどのくらい経ったのか。

扉の軋《きし》む音を聞いた気がして目を覚ますと、二つの青い月がこちらを覗き込んでいた。

「ルナルクス……」

手を伸ばすと、ちゃんと触れる。

恋しそうに手を擦《こす》り付ける様子が健気《けなげ》で哀れで、ぐっと込み上げるものがあった。

「お前に言わなければならないことがあるんだ」

ルナルクスの目はどんな言葉の礫《つぶて》も甘んじて受け止める覚悟に満ちていたけれど、エルカローズは首を振る。

「違う、お前を責めるつもりはないんだ。責められるのは私の方。ルナルクス、助けられなくて本当にすまない」

汚れが固まっている鼻筋から頭にかけてごしごしと撫で、胸に迫るものを飲みくだし、微笑みを浮かべようと試みる。

「もっと自信を持ってお前は安全だと言えればよかったのに、私も疑ってしまった。それをわかっていたんだよな？　そんな人間に助けられたくないよな。お前はとても気高いから……」

それに比べて自分の、なんて無力なことか。

騎士と呼ばれ、爵位を賜《たまわ》って。なのに中身はほとんど伴わないままだったことを思い知らされてしまった。もっと毅然と、誇り高く、自らの善行を信じて立ち振る舞うべきだったのに。

「……くぅん」

頬を舐められた。

ルナルクスの耳が悲しげに倒れる。

そんな顔をしてほしいんじゃないと言われた気がした。けれど上手く笑えなかった。黙ったまま、お返しとばかりに横顔を撫でる。でもそれも深まる悲しみのせいで長く続かない。

向かい合った一人と一頭で言葉もなく肩を落としていると、声がした。

「せっかく罠を仕掛けたのにあなたたちは」

隣室からやってきたロジオンが呆《あき》れた様子で傍《かたわ》らに膝をつく。途端に、ふっと噴き出した。

「なんて顔をしているのですか。エルカローズ、ルナルクスも」

鏡がないからわからない。けれど笑われるくらいなのだから情けない顔なのだろう。

「二人ともこっちに来なさい」

ロジオンが両手を伸ばし、左右の手でそれぞれエルカローズとルナルクスを抱き寄せる。

一緒くたにしてわしわしと撫でられ、耳元に落ち着いた声が「大丈夫」と繰り返す。

「大丈夫、大丈夫だから……」

誰よりも不安を覚えているはずなのに。この状況を不甲斐《ふがい》なく思っているだろうに。彼はエルカローズたちを責めるどころか抱きしめて、撫でて、慰めてくれる。

「…………っ……」

目の奥から込み上げるものに唇が震え、切なさに胸が引き絞られる。

たまらなくなってしまったエルカローズは彼の腕にしがみつくようにして、少し泣いた。

――彼らを守りたい。

ロジオンの大きくて優しい温かな心をずっと感じていたいと思う。

ルナルクスの気高い心と大きな身体を抱きしめてやりたいと思う。

そうすることは何か大切なものを守ることに繋がるような気がする。

いつまでもこうしていたいけれど、ぐっと涙を拭って手を離した。たとえ暗闇の中であってもこちらを見失うことのない緑の瞳が甘く心を締め付け、目を伏せる。

（暗くてよかった。泣き顔をまともに見られていたら心配されてしまう）

そのとき、つい、とまるでルナルクスがするようにロジオンが鼻先を寄せてきた。

「……エルカローズ」

やけに低く耳の奥を撫でるように響く。

暗いせいで聴覚が鋭敏になっているらしい。はい、と応じる声は喉に絡《から》んで掠《かす》れてしまった。

胸が切ない。どきどきと打つ鼓動が柔らかな熱を生み出していく。

怯《おび》えて瞼《まぶた》を閉じると、彼の睫《まつ》毛《げ》に目元をくすぐられる。

(口付けられ……)

——りん！

少し高い澄んだ音色がして、エルカローズとロジオンは同時に身を震わせた。

りんりん、りんりんりん、りんりんりんりんりん。汚れた前足が転がす玩具に仕込まれた鈴の音が、しつこいくらい賑《にぎ》やかに響く。ロジオンの腕から抜け出したルナルクスの仕業だった。

緊張から解放されたエルカローズはどっと息を吐き（助かった……）と心の中で呟《つぶや》いた。

長く深いため息とともにルナルクスを抱え込んだロジオンが言う。

「ルナルクスあなた、わざとやっていますよね？」

「わっふぅうん？」

「とぼけた声を出さないでください。食べ物が欲しくないのですか？」

ロジオンが手にした罠用のパンを前に、ルナルクスは悔しげに呻いた。やはり食べ物に窮していたらしい。千切《ちぎ》ったパンを彼の手から食べ始めるが、睨《にら》むような上目遣いになっている。

そんなやり取りをする彼らから、エルカローズは心持ち距離を置いた。

（……接吻《キス》されるかと思った………）

鼓動が早鐘のようだった。惜しいような恐ろしかったような複雑な気持ちでいる自分に困惑しながら、エルカローズは自らもパンを取ってルナルクスに与える。

このまま眠るとロジオンとの口付けを夢に見てしまいそうだったから。


エルカローズが起き上がれるようになったと聞いてやってきたモリスとオーランドは安堵に胸を撫で下ろし、次の日にはアデライードが訪れ、滋養にいい豚肉や魚介類、ニンニク、新鮮な卵、蜂蜜や胡桃《くるみ》をお見舞いに贈ってくれた。

それでもう用は終わったからとお茶の誘いを断る彼女は、どこまでも親切で生粋《きっすい》の貴婦人なのだと実感する。親切で正義感に溢《あふ》れていて、とびきり身内に甘い。

「無理をせずゆっくり休むようになさい。ただでさえあなたは頑張りすぎるところがあるのだから。ロジオン様、エルカローズをよろしくお願いいたします」

「はい。お任せください」

「ありがとうございます、アデラ様。今度必ず伺います」

絶対よ、とアデライードは笑った。

「ところであの白い犬……ルナルクス、だったかしら。今日はいないのね？」

その言葉にはどきっとさせられたけれど、「さあどこにいるのでしょう」と知らないふりをした。アデライードも他意なく尋ねただけだったようだ。

「いないならいいのよ、顔を見たかっただけだから。二人とも、くれぐれも体調には気を付けて。近頃おかしな病が流行《はや》っているなどと聞きますから」

「病……ですか？」

「詳《くわ》しいことは知らないけれど、うちの使用人が教会でそんな話を聞いたと教えてくれたわ」

アデライードを見送ったエルカローズはロジオンと顔を見合わせた。

「無関係」

「ではないかもしれません」

二人はひとまず館の者に話を聞くことにし、ミオンを自室に呼び出した。

病気が流行っていることを知っているかと尋ねるが、首を捻《ひね》っている。

「病気ですか？　申し訳ありません、最近街に行っていないので……」

「出入りの酒屋にそれとなく訊いてもらえませんか？　そろそろ注文を取りに来るでしょう」

「かしこまりました。その通りにします」

不穏な噂《うわさ》にならない程度に世間話の延長として聞き出してほしい。ミオンはロジオンの指示を正確に汲《く》み取って、仕事に戻っていった。

彼女がエルカローズを呼んだのは、そろそろ明かりを入れて回る時刻だった。

オーランド経由で回してもらった書類仕事を捌《さば》いていたエルカローズだったが、ロジオンが厨房で調理中だったので先に一人で報告を聞くことにした。

「話をしてまいりました。あくまで噂だ、と言われたのですが……」

「病が流行っているんだな？」

「はい。裏町地区の住人が倒れて教会や修道院に運ばれているようです。完治しないまま患者が増えるので、教会は受け入れを拒否せざるを得ない状況になりつつあるとか。原因がわからないと医師が言った、鳥と牛と豚の肉を食べれば治る、などの噂が広まっているそうです」

エルカローズは口元に手を当てた。

主に低所得者が集まって暮らす裏町に病が流行っているのは偶然だろうか。

薬で治せないものが原因で不調を起こしている可能性はないか。

（思い過ごしであってほしい。過敏になっているだけだと……）

こんこんっ、と鋭い叩扉《こうひ》の音を聞き、弾《はじ》かれたように顔を上げた。

「失礼いたします！　ご主人様、お客様です！」

「ああ、ありがとう。……セレーラが慌《あわ》てるなんて珍しいな？」

訪ねてくるのは近頃決まってオーランドかモリス、時々アデライードでその他は出入りの商人だから、お客様という呼び方は妙だ。来訪者よりも、いつもゆったりと構えている彼女が慌てふためく方が気になっていると、ぶんぶんと首を振られた。

「わたくしのことはいいんです！　お、お早く、」

「そう慌てずとも、私はここにいるぞ？」

ひょこっと顔を覗かせた人物に、エルカローズはセレーラを引き入れてミオンとともに庇う。

「何者だ」

剣を置いた場所を確認し、相手を注視する。

長い髪は最初から色彩を持たない無垢《むく》な白。樹《き》に生《な》る果実よりも生き生きとしながら紅玉のように侵しがたい真紅の瞳。長い睫毛や笑う唇が妖艶《ようえん》で、ロジオンの華やかで健《すこ》やかな美しさに見慣れていると警戒して然《しか》るべき相手だと感じた。

にいっと笑う蛇のような目はこちらを見透かしているようだ。

一飛びで長椅子の横に立てかけていた剣を掴《つか》むと柄《つか》に手をかけた。

「ご主人様！」という悲鳴と、がんっ！　という鈍い音が響いたのは同時だ。

後頭部を押さえる侵入者の背後に立っているのは、木べらを持ったロジオンだった。

「やあ、ロジオン。金の子、宝石を抱く者。相変わらず美しいなあお前は。鍋を掻き混ぜた木べらで人を殴ってもその美しさは変わらない」

「あなたも変わりないようで何よりです、ユグディエル」

「ユ……!?」

セレーラを見ると激しく頷いている。なるほど慌てるはずだ。

光花神の予言者「ユグディエル」。――光花神の象徴の一人であり、エルカローズとロジオンの結婚を予言した張本人だ。

豪奢《ごうしゃ》な刺繍の白服は、聖職者が身に纏う修道服に手を加えて導師の位にふさわしいものにしたのだろう。本来ならいと高き御座にいます人物なので、ほとんどの人がそうするようにエルカローズはミオンとセレーラとともに跪《ひざまず》いた。

「導師ユグディエルをお迎えできて光栄です。私は、」

「エルカローズ・ハイネツェール。騎士の家に生まれつき、清き刃を受け継いだ善なる者。黒き騎士。よく知っているとも」

詩を口ずさむようにしてエルカローズの言葉を封じ、彼は懐《ふところ》から手紙を取り出した。

「騎士殿への返信を預かってきた。読みなさい」

目を瞬《またた》かせながらそれを受け取る。差出人は確かにエルカローズが手紙を送った修道司祭だ。

「ロジオン。お前はこっちだ。後で詳しく聞けるから早くそれを読みなさい」

もう一通の手紙をロジオンに渡して、こちらも彼の言い分を押さえ込んだ。

「私はそこの愛らしいお嬢さん方が淹れてくれたお茶を飲んで待っていよう。騎士殿の薔薇《ばら》で作った茶が私の口に合うはずだ」

「…………」

「こういう人なので、申し訳ありません……」

予言者とはもっと威厳のある人物だと想像していたので、好き放題するユグディエルを受け止めかねているとロジオンがすまなさそうに言った。

手紙を読む間にセレーラとミオンはお茶の準備を整え、木べらを回収して去って行った。

「…………」

一足先に読み終えたロジオンが顔を上げる。

「それで、あなたがここにいるからには私に伝えることがあるのでしょうね」

「お前のそういう意外と気が短いところが私は好きだよ。まあ時間は有限だし簡単に話そう。その手紙の内容は真実だ。現在この街に呪いの症状で倒れる者が出ている。もしまだ聖者の力があるのなら助けてほしい、というのがこの街の聖職者たちの総意だ」

「ユグディエル」

「それからお前が神教庁へ送った手紙に対する返事は私がしよう。何故お前の祝福の力が弱体化したのかは『手紙に応じてランチェス修道院に行けばわかる』」

はっと息を飲む。

ロジオンは後ろめたさと申し訳なさがないまぜになった顔でその視線を受け止め、エルカローズを部屋の隅に引っ張った。

「相談せずにすみません。実は……」

祝福の力が弱まっている。——エルカローズの予想通りだった。

彼自身も原因に心当たりがないため、真相が突き止められそうな人物や文献について心当たりがあれば紹介してほしいという手紙を送っていたそうだ。

「ユグディエルはこのことを織り込んでいるはずなので何らかの対策を講じているだろうと思っていたのですが、本人が来るとは思いもしませんでした」

そうしてため息をつく彼にもたらされたのが、先ほどの意味深な言葉らしい。

「助けが欲しいと言ってくるからには祝福の力で癒やせということなのでしょうが……不安にさせたくなかったとはいえ黙っていたのは不誠実でした。申し訳ありません」

「頭を上げてください！　私の方こそ、何もできずにすみません。助けられてばかりで……私もアスキアラ修道司祭様に説明を兼ねた相談の手紙を送りました。勝手にあなた個人の事情を書いてしまって、すみません」

「それはいいのです。答えを求めて当然ですから」

お互いに深々と頭を下げ合うが、受け取った返信の内容を思うと申し訳なさが募る。

（ロジオン様も同じことを手紙で尋ねた。そして、その答えは返信に書いていなかった。予言者様も修道院に行けばわかると仰《おっしゃ》った……）

だからこれは——祝福の力が弱まった理由は、いま、エルカローズだけが知っている。

——導師ユグディエルより託された、光花神教の聖者様のご回答を記します。

あらかじめ承知していたことだとわかる書き方で、修道司祭はエルカローズの問いに答えた。

——祝福の力とはフロゥカーリアの恩寵《おんちょう》、すなわち愛です。祝福の力の対価は光花神を愛することであり、その目、その心を別のものに向けることを許しません。

——以上のことから、ロジオン様の信仰はいま光花神ではない誰かに向けられていると考えられます。


その「誰か」が自分であると思えるほどエルカローズは傲慢《ごうまん》ではない。

ただそうであってほしいと思い、そうならば許されることではないと考える臆病者だ。

「私のことは気にしないでください。あなたの力は多くの人を救うためのものです」

「求めに応じたからと言って私の力が以前のように発揮されるとは限りません。ユグディエルは応じればわかると言ったので何かあるとは思いますが、誰も癒やされないことが明るみに出て大勢を落胆させるかもしれません」

もしロジオンが祝福の力を失っていたら。

彼の言う通りになる——いや、そうは思えない。エルカローズがそれを証明している。

「たとえそうなったとしても、ロジオン様の力はそれだけではないでしょう？　祝福の力がなくても人を力付ける料理を作れますし、看病だってできます。あなたの声や微笑みに励まされ、癒やされる人たちが必ずいます。私が証人です」

くくっ、と背後でユグディエルが噴き出す。

それを鋭く一瞥《いちべつ》したロジオンは、一転してエルカローズを愛《め》でるように「私の花《ミア・ローザ》」と呼んだ。

「私はいつもあなたに救《たす》けられています。あなたの存在に、ずっと」

けれどその眼差しもまたエルカローズの胸の痛みになった。

ロジオンは優しい。だから助けを求める人々に手を差し伸べる。あの手紙の内容が真実であってもエルカローズだけが特別にはならない。それを尊いと、好ましいと思う。

けれど、私は。

(本当にふさわしいのか？　こんな素晴らしい人に、ただそばにいてほしいと願うだけの私は)

予言で出会い、互いに好意を抱いた。この微笑みもその呼び名もエルカローズだけのもの。でもこのままロジオンと結婚していいのだろうか？

「……あなたの言う通りですね。祝福の力は役に立たないかもしれませんが、看病人が増えるという点では助けになるかもしれません」

かちん、と茶器を置く音がした。お茶を綺麗《きれい》に飲み干したユグディエルが言う。

「よし、では行くぞ」

「手伝うだけですからすぐに戻ります。体調が悪くなったら知らせてください。飛んで帰ってきますから」

「口付けするならいまだぞ騎士殿？」

無遠慮な揶揄《やゆ》に二人してびくついた。エルカローズは自らロジオンに接近し、彼がそれを支えるように肩に手を回してほとんど抱き合っている体勢になっていることに気付かされた。

頬くらいなら口付けしてもおかしくはない。

目をそっと伏せて、エルカローズは言った。

「あの。……抱擁《ほうよう》させていただいても、よろしいでしょうか？」

「もちろんです」

抱きしめるつもりが抱きしめられる、それだけで胸の奥が熱くなってぎゅうっとなった。

好きだ。

（ロジオン様のことが好きだ）

一緒にいたい。同じ時間を過ごしたい。抱きしめられるのがこんなに心地いいものだなんて知らなかった。いつの間にかこの人の温もりと香りがなくてはならないものになっていた。

行かないで。私のものになって。――そう言えたらどんなにいいか。

「……気を付けて。無事を祈ります」

身を離して見送りの言葉を告げる。

それに「いってきます」とロジオンは返したけれど、ちっぽけな身の程《ほど》を知っていたから「いってらっしゃい」とは言えなかった。

(私は、ロジオン様にふさわしくない)

でも彼のことが好きだ。一緒にいたいと思う。

一方で、それを叶えるべきではないとも思っている。結婚すればロジオンは祝福の力を失う。エルカローズが彼に伝えたようにロジオン自身が培《つちか》ってきたものが消えるわけではないとわかっているけれど、果たしてその喪失に二人の結婚が値するのか。

ここにエルカローズの師である祖父がいたなら、こう一喝《いっかつ》したことだろう。

『臆病風に吹かれおって、このたわけ者が！』

騎士たる者臆してはならない、臆するすなわち敗北。

騎士の心構えに反し、いまになってエルカローズは怖くなってしまったのだ。好意を抱いたからこそ生まれた『釣り合っていない』という不安のせいで。

白刃《はくじん》が迫るよりも早く踏み込んだエルカローズの一閃《いっせん》は、見事相手の武器を弾き飛ばした。汗みずくになりながら試合った互いに礼をし、勝者としてその場に残ると、流れる汗もそのままに鋭く周囲を一瞥する。

「次は！」

「おーい休まなくていいのかー？」

「いいって、いいって。そういう気分なんだって」

同輩たちが心配の声をかけてくるが、エルカローズは熱を振り払うようにして顔を拭い、次なる挑戦者に相対した。試合が始まるとそれらも気にならなくなった。

ロジオンが修道院へ行き、ルナルクスが身を隠したために黒の樹海行きも宙に浮いたいま、エルカローズは彼らと出会う前のような日常を送っている。

朝の見送りにロジオンはおらず、門でルナルクスは待っていないし、剣宮《スパーダ》で書類仕事をして警備計画を練り、王弟殿下やその他王族の方々の求めに応じて伝令や警護の役目を果たし、帰宅して一人の時間を過ごした後は眠りにつく。そういう日々だ。

そうして時々、自宅ではセレーラやミオン、職場ではオーランドとモリスが、ロジオンの近況めいた噂を教えてくれる。

どうやらロジオンの祝福の力は人々を癒やしているらしい。ランチェス修道院に滞在する人々の数は激減し、やってきても無事に家に帰り、重篤者も散歩をしたり日向《ひなた》でのんびりしたりする光景が見られるようになったという。

しかしそれを話した当のミオンが「おかしい」と腕を組む。

「旦那様の性格なら、ご主人様を寂しがらせないよう山ほど手紙を送ってくるだろうと思っていたのに、まったく音沙汰《おとさた》ないなんて。……はっ、これはもしかして恋の駆け引きなのでは!?連絡を絶ってこちらに焦燥感を抱かせる、なんて高度な業《わざ》!」

「ミオン、そのような邪推《じゃすい》はお止《よ》しなさい。……お忙しいのはわかりますけれど、お手紙くらいいただきたいですわね。ご主人様からご連絡差し上げるのはいかがですか?」

セレーラがおっとりと促す後ろで、ミオンが「誘いに乗っちゃうんですかあ?」と不満そうだったが、エルカローズは一文字も綴《つづ》ることができなかった。だって何が言えるだろう。

(ちゃんと好意を伝え合ったのに。騎士の誓いまでしてくれたのに。私は……!)

怖気《おじけ》付《づ》いてしまった。ふさわしくない。釣り合わない。彼の『特別』になるのが怖くなった。

騎士として失格だ。誓ってくれたロジオンに会わせる顔がない。

でも、会いたい。しかし会えるわけがない。

朝な夕なに考えて鬱々《うつうつ》とするのを、同僚たちはロジオンと離れているのが寂しいのだと勘違いしたらしい。模擬試合をするから来いと訓練場に引っ張られて、いまだった。

(考えるな! 集中しろ!)

自らを叱責して剣を躱《かわ》す。打ち合いに持ち込まれると押し負けてしまうため、攻撃を見極めることが何よりも重要になってくる。

エルカローズの剣は疾《はや》い、という。体格による身軽さを活かした戦い方が特徴で、その分力強さに欠けるが体力をつけることで補っている。瞬発力と持続力に加えて経験を積めば、剣士として上に行ける――というのが祖父の見立てだ。

　実際見習い時代の同輩たちよりも小柄だったので、よく食べよく動き、なるべく多くの人と手合わせをすることで、エルカローズは性差を物ともせず近衛騎士に抜擢《ばってき》されたのだ。

　激しい剣戟《けんげき》の応酬に、試合を見守る騎士たちの反応は感心したり呆れたりと様々だ。

　気のいい連中も多いが、エルカローズの存在そのものから嫌っている者も少なくない。上流階級出身が多い騎士ならではというべきか、妙に自尊心が高くてねちっこい嫌がらせを続ける輩《やから》も後を絶たなかった。

　次なる突きを躱し、動きを誘って上段からの攻撃が来た瞬間、それよりも素早く胴を打った。

「うーわ、えげつねー……」

「さすが！　いいぞ、エルカローズ！」

　力こそすべてとはよく言ったものだ。

　強者に従う実力の世界では、相手を負かすことができれば認めてくれる。大抵《たいてい》の者がその理屈なので、あらゆる雑言《ぞうごん》や嫌がらせも気にせずここにいられるのだ。

　兵卒から従騎士から挑みかかってくる者を打っては叩き伏せ、同僚の騎士たちに勝ってはねじ伏せられ、ということを繰り返して、体力の限界に至った結果。

（空が青い）

　エルカローズは訓練場の片隅に転がって天を仰いだ。全身に汗をかき、埃《ほこり》っぽい風に吹かれたせいでとても見られた姿ではない。

気分は晴れるどころかますます地の底に落ちていた。

虚《むな》しい。それに尽きる。

(情けない、全勝すらできない。できたところでロジオン様にふさわしくなれるわけでもない)

会いたい、と思う。

しかしそれを叶えるには自らにかけた呪詛《じゅそ》めいた恐怖との戦いに決着をつけなければならない。みっともなく迷わないと確信できるまで、それまでは会わないというのがエルカローズなりのけじめのつもりだった。

「ハイネツエール卿《きょう》！　どちらにいらっしゃいますか？　卿にお客様が、」

飛び起きた。

まさか、と思う。そんなことがあるわけがない。

(でももしかしたら)

会えるなら、会いたい。

その気持ちが勝ってしまった。従卒が最後まで言うより早く全速力で門へと駆ける。

力尽きかけながら、整わない呼吸で門前に停まっていた馬車の扉が開くのを見た。

「まあエルカローズ。いったいどうしたの、そのように走ってこずともよかったのに」

「……アデラ様……」

　エルカローズの憔悴《しょうすい》ぶりに思うところがあったのかもしれない。カインツフェル伯爵夫人は呆れたように微笑んだ。

　差し入れを持ってきただけなのでモリスは呼ばなくてもいいと言われ、兵卒たちに荷物を運び入れてもらう間にエルカローズはなんとか最低限の身なりを整えて、彼女の見送りに出る。

「お恥ずかしいところをお見せして申し訳ありませんでした」

「ふふ、泥だらけの騎士は見慣れているから大丈夫よ。実は差し入れは口実。近頃元気がないようだと聞いて様子を見に来たのだけれど、ロジオン様と何かあったのかしら？」

　投げ込まれた本題に「んぐっ」と形容しがたい呻き声を上げてしまった。

「あなたは女性の集まりに滅多《めった》に参加しないから知らないでしょうけれどみんな不思議がっているのよ。結婚が決まっているのにまったくその予定や準備について聞こえてこないから不仲ではないかと噂する人もいてよ。聖者様が結婚を嫌がっているとか、女騎士には恋人がいて結婚を拒否しているのだとか」

　乾いた笑いが漏《も》れる。誰もが想像しうる状況だが、その期待に応えられるほどエルカローズは器量が良くない。

「それで？　何があったの。一人で抱え込んではいけないわ」

　アデライードに頭《かぶり》を振る。

「ご心配なく。すでに答えは出ていますから」

これは私の戦いだ。自ら悩み抜き、納得できるまでその不安と戦わなければならない。

「……恋の悩みの相談のつもりだったのに、どうして騎士の顔になるのかしら……」

不可解そうに呟いたアデライードだったがさすがは騎士の妻。この様子なら大丈夫そうだと判断したらしい。

「日取りが決まったら早めに連絡してちょうだい。良い知らせを首を長くして待っているわ」

としっかり進展について念を押して帰っていった。

その日の勤務を終えて帰宅したら、今度は家の仕事をする。

手紙や館の者からの修繕や購入依頼などに目を通していると、ゲイリーが今日の館の出来事を報告しにやってきた。

「……ということでした。最後に、ご指示のものはランチェス修道院に無事搬入されたとのことです」

気がかりだった件の報告を聞いて、エルカローズはほっと息を吐いた。

菜園で収穫した旬の食材をいくつかと、購入した穀物とブドウ酒、それから毛布と下着等の衣類を、微々たる量だが寄付するように頼んであったのだ。寄付はこれで二度目なので、指示されたゲイリーも素早く手配ができたようだった。

「ありがとう。よかった、喜んでもらえるといいんだが」

「しかしご主人様、お名前がわかるものを添えた方がよろしいのではありませんか？」

首を振る。

「私のような身分の者が分《ぶん》を超えて寄付していると歴《れっき》とした貴族の方々は不愉快だろうし、修道院側も負担に思うかもしれない。次に寄付するときも名前は伏せたままにしておいてほしい」

ゲイリーは何か言いたそうだったが「かしこまりました」と頭を下げて仕事に戻っていった。

一人になったエルカローズは椅子に身を投げ出し、目を閉じる。

未練がましい。まだ会わないと決めておきながら、寄付という名目でロジオンに贈り物をしているようではないか。そんな心の声が瞼の裏の暗闇のようにじわじわと広がっていく。

（でも仕方がないんだ。何かせずにはいられないんだから……）

重い身体を起こして、びくっとした。

いつの間に入ってきたのか、ルナルクスが前足を揃《そろ》えてこちらを見ていた。

思わず声を上げそうになったが、待つように言い含めて急いで厨房に行く。ロジオンがいないので手作りの食餌《しょくじ》はないが食糧庫にリンゴを見つけた。ついでに濡らした布と浴布を持った。

戻ったとき姿を消しているのではないかと心配したが、ちゃんと待っていた。

ルナルクスに食べ物と水を与えると、次は彼の汚れを落とす作業に取り掛かる。

「じっとして。こういうときでもないと綺麗にしてやれない」

いやいやと身をくねらせるルナルクスを説得しながら強めにごしごしと擦る。これまで身綺麗にしていたことが幸いしたのか、時間をかければそれなりに汚れを落とすことができた。

「すっきりした顔をしやがって……」と思わず心の声も出る。

片付けをしていると、ルナルクスが咥《くわ》えたものを足元に落とした。

「毛梳櫛《ブラシ》……毛を梳《す》けって？」

「わふ」

ねだるようにちょいちょいと右足を宙に泳がせるので、やれやれと思うが唇は弧を描く。

毛玉をほぐすように丁寧《ていねい》に櫛《くし》を通し、引っかかりがなくなったので後は抜け毛を取り除く。

久しぶりの作業だが勘は鈍っていないようで、ルナルクスは気持ちよさそうに目を細めた。

季節の移り変わりで冬毛になりつつあるルナルクスは以前とはまた違った素晴らしいもふもふ加減だが、長く伸びた毛に塵《ちり》や汚れが付きやすいので毛梳きは必須だ。

「……お前じゃないよな」

つい漏れた心の声にぴくっぴくっと三角の耳が激しく動いた。

「人々を呪っているのは、ルナルクスじゃない、絶対に違う、そうだよな……？」

ぺたりと耳が倒れて顔が俯《うつむ》く。尻尾の動きも止まった。

たまらず込み上げたエルカローズが、手を止めて、潤《うる》んだ目元を隠してしまったからだろう。

心配そうに鼻先で突かれるが顔を上げられない。

ルナルクスのことまで疑って迷っている。

こんなに弱い心では騎士失格と言われても仕方がない。

(なんでこんな……ああ、そうか、ロジオン様がいないからだ……)

頭の中に暖かな談話室の光景が浮かぶ。

飴色《あめいろ》の書棚、堅実な意匠《いしょう》の家具、柔らかな絨毯《じゅうたん》。身を横たえてうたたねをするルナルクス。言葉と表情でいたわりと感謝を伝えて迎えてくれるロジオン。そこにいるエルカローズはお茶と菓子を摘みながらただひたすら穏やかな気持ちでなんでもない話をして、微笑んでいる。

——その、なんと幸せなことか。

(私の家族)

それが誰も私のそばにいてくれないと思っていたエルカローズが手に入れたものの名前。

いつまでも一緒に、なんて夢物語を口にできるほど魔物の恐ろしさを知らないわけではないし、人々に求められる存在を独占できるほど厚顔ではないつもりだけれど。

家族は一人では作れない。そう思ったとき、溢れた。

(ロジオン様。——一目、あなたに会いたい)

自らに立てた誓いなどどうでもよくなる。

ただ一つの想いに突き動かされて、エルカローズは立ち上がった。

普段着の男装に外衣《ローブ》を纏っただけの姿で家を出た。すぐに行って帰ってくるつもりだったので誰にも言わず、馬を起こしに行こうとすると、外衣の裾《すそ》を引かれた。

青い目に静かな光をたたえて、ルナルクスは背中を向け、首だけで振り返る。

「わふ」

「……乗れって？」

まさか、と思いながら呟くと、一度大きく瞬いた瞳が肯定する。

エルカローズは思い切ってルナルクスの毛を掴み、両足でその身体を挟むようにしてまたがって、体勢を低くした。

次の瞬間、景色が水になったかのごとく凄まじい速度で流れた。

迂闊《うかつ》に口を開くと舌を噛《か》むと判断して歯を食いしばり、振り落とされないよう力を込める。

夜を貫く光のような速度で、暗い世界へ躍《おど》り出る。

この時間では街の門を開けてもらえないのではないかと案じたが、ルナルクスは外壁を容易《たやす》く飛び越えて街中に入った。

高く跳躍した刹那《せつな》、星空と地上の光の狭間《はざま》を漂う。

着地するとルナルクスは再び光となって駆けていき、郊外に出ると、現れた壁を越えてその内部に降り立った。あまりにも勢いがついて止まりきれず振り捨てられて半ば転がるようになってしまったが、身を起こせば目的地と思《おぼ》しき建物が見える。

ランチェス修道院はこの王都全体の光花神教の聖職者を取りまとめる最も大きな施設だ。重要な行事のときには王族の方々も参列される格式の高い修道院で、住居は男女棟に分かれており、奉仕する修道士と修道女が多数在籍している。その分規律も厳しいと聞き、この時間帯だととっくに就寝時刻を過ぎているせいか人の気配がまったく感じられない。

（……っていうかこれ、不法侵入だな！）

どっと嫌な汗が流れる。ルナルクスに人間の常識を説いても仕方がないとはいえ、見つかると色々とまずかった。

どうやってロジオンに会うか。方法を考えていると、再びルナルクスが外衣を咥えて引く。

「わっふ」

「……ええと……もしかして、呼びに行ってくれる、なんて都合のいいこと……」

「わふん」

任せておけ、ときりりと瞳をきらめかせてルナルクスは闇に消える。

やだちょっとかっこいい……などと思ってしまった浮気心を反省し、周囲の様子を窺《うかが》いつつ物陰に身を潜めていると、しばらくもしないうちに足音が聞こえてきた。

ロジオン、ではない。足音は二人分。軽いそれは小柄な人間のものだ。

洋燈《ようとう》の光がくるくると木陰や建物の壁を照らし出す。

「……ほら、誰もいないじゃない」

「で、でも！　見えたんだもの、部屋の窓から壁を乗り越えてくる人影が！」

ぎくっと身を竦める。運悪く目撃していた修道女がいたようだ。侵入者の痕跡を確認しに、親しい仲間を呼び出して見回りに来たというところだろう。

仕事柄、上の者に報告せず二人だけで危険かもしれない場所にやってくることに注意を促したいが、見つかればただではすまない。物音を立てないようにして息を殺す。

「夢でも見たんでしょう」

「そんなわけ……あっ！　そこに足跡が！」

「えっ」と修道女が鋭く息を飲み、（見つかる！）とエルカローズはぎゅっと身を縮める。

ぴかっと洋燈の光が差して、声がした。

「……おや？　どうしたのですか、二人とも。このような夜更けに」

「ロジオン様！」

修道女たちが安堵とも歓声ともつかない声を上げる。

エルカローズの心臓も大きく跳ねた。会いたかった人がすぐ近くにいる。

「聞いてください、壁を乗り越える影を見たんです。ほら足跡があるでしょう!?」

「え？　この小さくて可愛らしい跡は、お二人のものではないのですか？」

女性たちが「そうだ」と口々に言い合うのを一通り聞いて、ロジオンは柔らかに言った。

「わかりました。でしたら、お二人は部屋に戻ってください。私が見回りをしておきましょう。そのつもりで今夜は外に出ていましたから」

「それなら安心ですわ！」

「お願いしてもいいですか？」

はしゃぐような二人にロジオンは快く了承した。修道女たちの足音が遠ざかっていく。

（……ロジオン様は修道女にも人気があるんだな）

喜ばしいことのはずなのに、甘える彼女らの声を思い出すと胃がむかむかした。――両膝を抱えて丸くなる姿が拗《す》ねた子どものようだとはまるで気付かない。

そうしてしばらく。何も聞こえなくなった。

「…………？」

首を傾《かし》げる。彼はまだそこにいるはずだが出ていいものか。

「……寂しいな。一人で過ごすことがこんなに寂しいなんて、彼女に出会うまで知らなかった」

（誰かいる？）

そっと気配を窺ってみるが、ロジオンの呟きだけが夜風に運ばれてくる。

「声が聞きたい。笑顔が見たい。許されるなら触れたい。頬や額《ひたい》に口付けて。もし口付けを乞《こ》うたなら彼女は叶えてくれるだろうか……」

「……っ!!」

違う。これはエルカローズだけに聞かせているのだ。

転がるように飛び出たところでロジオンと目が合った。

「ロ……ッ」

「しー。お静かに。まずはこれを着て。顔を隠して私についてきてください」

まるで何事もなかったかのように微笑まれる。

この状況では言う通りにするほかない。悔しいような叫び出したいような気持ちで、大人《おとな》しく外套を着て頭巾を目深《まぶか》に被《かぶ》った。否応《いやおう》なしに草と柑橘《かんきつ》と花の移り香を吸い込んでしまう。

（……ロジオン様の匂い、ってだめだ、ときめくな胸！　いまは忘れろ！）

ただでさえ暗いのに身丈に合っていないそれのせいで視界不良だったが、ロジオンの姿を探してもたもたと後に続こうとすると、手を取られた。

そのまますするりと指が組み合わさった。少し冷たい骨ばった指を感じるとともに、自分の荒れた手を自覚させられる。淑女の指の持ち主でないことをこんなに悔やんだことはない。

彼はエルカローズを小さな教会に連れてきた。

私的な空間を思わせるこじんまりした造りだ。椅子はなく、燭台《しょくだい》の明かりに守られた祭壇があり、光花神の紋章が掲げられている。

「兄弟姉妹たちだけが使う礼拝堂です。この時間なら、よほど告白したい罪がある者でもなければやってこないでしょう」

さすればそんな聖域に不法侵入した罪の許しを請《こ》うべきだろうかと、しばし真剣に悩む。

「どうしてそんな薄着なのですか？」

投げかけられた言葉にエルカローズは顔をしかめ、外套を掻き合わせて彼の視線を阻んだ。

「それ、聞く必要がありますか？」

「大いにあります。全快したわけではないのにこの時間まで起きているなんて体調に関わります。また寝込んだらどうするのですか。私はいま不在なのですよ」

まずはどうしたのかと聞くところではないかと思ったけれど、案じられて、じわりと嬉しい気持ちが滲《にじ》み出した。

もしそうなったとしても、悪いことばかりではないと思う。

「…………そうなったらそれはそれで……」

「なんですって？」

「公然とあなたに会いに行ける、っあ!?」

笑顔にぎくりとしたせいで、言うつもりのない本音が飛び出した。

途端にロジオンが笑顔を失ったので、慌てて首を振る。

「修道院は助けを求める人で溢れているのに不謹慎でした。申し訳ありません！」

沈黙が落ちる。気まずく身じろぎしたとき、密《ひそ》やかに笑う声が言った。

「――会いたいと思ってくれたのですね。らしくない悪い考えを抱くくらいに。食材や衣類を届けてくれたのもそのせいですか？」

「え」

エルカローズの驚きを目《ま》の当たりにしたロジオンがとろけた笑みになる。

「な、わか、わかって……？」

「ええ、すぐにわかりました。だってとっても美味しそうなカボチャでしたからね」

噴き出したロジオンを恨みがましく睨むが、差し伸べられた手に抗《あらが》うことはできなかった。

引き寄せられた腕の中で笑み含んだ囁きに耳をくすぐられる。

驚かせたり、どきどきさせられたり、心配されたり叱ったり。

他愛ないやり取りの、なんて幸せなことだろう。

温かいもので満たされていくのを感じながら、エルカローズは怖くなった。

「エルカローズ？」

腕を突っ張り、身を離す。

寂しさでどうにかなってしまいそうだけれど態度に出せばきっと引き止められる。そうしたらこのまま離れられない。だから努めて冷静に、ここから去ることを告げなければ。

「……もう行きます。ただ元気なのか気になっていただけなんです。修道司祭様方や信徒の皆さんにご迷惑をおかけしたくないですし、きっとカーリアもそう望まれるでしょう」

ロジオンの目が訝《いぶか》しげに細められる。

「どういう意味ですか？」

「力が弱まった理由は、きっともう聞きましたよね？」

沈黙。それが答えだった。

「私がいることで力が消えるといけませんから、いまはちゃんとカーリアを見てください」

ほら、と紋章を示す。それを見て、ロジオンが静かに口を開いた。

「救いを求める人々とあなたなら、人々を取るべきだと言うのですね」

胸が痛い。正しいことを言われただけなのに、心が破れそうだ。

精一杯の微笑みを浮かべるが、とてもロジオンのそれには及ばない。引きつって、いまにも泣きそうだけれど、声が震えないようになんとか絞り出した。

「そうです」

もしここでロジオンの心が離れてしまったら。

それでもいいと思う。最初に思い描いていたように、予言を果たして形だけの夫婦になるなら、救われる人々が大勢いるだろう。エルカローズの胸がいつまでも痛むだけだ。

「私は大丈夫です。以前のような毎日で、食事は古馴染みの料理長が腕を振るってくれたものを堪能《たんのう》しています。心配いりません」

息をするように少しだけ嘘《うそ》を吐く。

本当は、ロジオンのスープが恋しい。

早く戻ってきて。私のためにスープを作ってほしいと言いたい。

それでも、するべきことをしただけのように見えることを願いながら背を向けた。

込み上げるものを飲みくだし、扉を押し開けて夜の闇の中に入ろうとしたとき、後ろから伸びた手に行く手を阻まれてしまう。

だが振り向く前に抱きすくめられた。

「ろっ、ロ、ジオン様……？」

ひどく狼狽《うろた》えた声が出た。

心臓は箍《たが》が緩《ゆる》んだように激しく鳴る。手をどこにやればいいのだろう。考えようとするのに、ロジオンの息遣いと温もりを感じて何をしようとしていたか忘れてしまう。

「私、あの、私……」

「行くな」

心が震えた。

求めるようにこめかみに鼻先を寄せてロジオンが囁く。

「あなたを離したくない」

息ができない。胸が苦しいのにその痛みが甘くて、いまにも溶けてしまいそうだ。

自惚《うぬぼ》れていいのだろうか。エルカローズがそうだったように、ロジオンも離れている間に会いたいと思いを募らせていたと思っていいのか。

（だめだ。考えるな。振り払え）

すり、と髪に顔を埋《うず》めるような仕草にまた心臓が跳ねた。

身に纏う外套よりも草の香りが強くなるのは、彼自身の温もりがもたらすからだ。

「離して、」

「嫌だ。心にもないことを言ったあなたが悪い」

緑の宝石の中に閃光が散る、熱を持った瞳に魅入《みい》られる。

「様子を確かめるなら手紙でも人伝てでもよかったのにあなたは来た。逃がすわけがない」

手紙など音沙汰がなかった理由、ミオンが言っていたことを思い出しかけてはっとしたが、深く考える暇《いとま》を与えまいと迫り来るのを突っぱねね、必死に頭を振らなければならなかった。

「止めて、だめです、……神様に見られる……っ」

カーリアを思わなければならない。恩寵を失う真似はさせられない。

しかしロジオンは――仮にも『金』の聖者と呼ばれた経歴の持ち主は、それを、ふんと鼻先で笑い飛ばした。

「見せつけてやればいい」

驚愕して振り向いた隙《すき》を捕らえられた。

唇が合わさる。触れ合うようなそれは、二度目には柔らかく食《は》むようにして。

（……だめ、なのに……）

わかっているのにどうしても抗えない。

罪悪感と幸福感に胸を引き裂かれ、掠《かす》める吐息の甘さに泣きそうになりながら懇願《こんがん》した。

――神様、どうかお許しください。

(この人を私のものにしたいです)

ロジオンのような素晴らしい人にエルカローズはふさわしくない。予言がなければ彼に選ばれることはきっとなかった。世間一般の美人像からはかけ離れていて、淑女として好かれる要素はほとんど持たない。気の利いたことは言えず、愚直なくせに大事なところで迷ってしまう、剣を携えていても弱くて頼りない騎士だ。

それでも私はあなたが好きで。

あなたはこんな私を好きだと言ってくれる。

そのことだけが、あなたを私のものにできる絶対の理由なのだと、心が、叫んでいた。

――……次第に強くなる夜風の音が届いた頃、どちらからともなく腕と手を解いた。

このまま一緒にいたいという気持ちと帰らなければならないという義務感が振り子のように揺れていた。けれどエルカローズがここにいられる理由は何もない。

「……許してください。言葉よりも先に身体が動いてしまった」

許しを請いながらも決して後悔などしない、そんな決意が込められた静かな言葉にエルカローズの胸はまた痛み、同時に高鳴った。

瞳に浮かんだ悲しいのか嬉しいのかわからない涙を拭い、ただ頷く。

(はっきりわかった。――この思いは捨てられない。捨てちゃだめなんだ)

胸の奥で震える幼子のようなそれをエルカローズは大切に抱きしめる。これを捨て去るのはあまりにも哀れだったし、自分の無力さを思い知らされるようで躊躇《ためら》われた。

この思いを守ってこそ騎士なのではないか。真に強いと言えるのではないか?

怯える心が奮い立つ。どんな敵よりも強大な試練に立ち向かおうとして。

芽生えた強さで前を向き、決然と扉を開けた外にはルナルクスの姿があった。頃合いを見て迎えに来てくれたようだ。

「……戻ります。顔が見られて、嬉しかった」

「私もです」

交わした笑みを互いの目に焼き付ける。

そうして祭壇の光花神の紋章を仰いで、ロジオンの祝福の力がこの瞬間突然失われることがないよう、カーリアの慈悲を心から祈り、今度こそ修道院を後にした。

「ありがとう、ルナルクス。力を貸してくれて」

来たときと同じかそれ以上の早さで戻ってこられたのはルナルクスのおかげだ。感謝の気持ちを込めて両手で彼の全身を撫でる。

「がうぁっ」

「えっ⁉」

しかし、振り払われた。

困惑するエルカローズの手をすり抜けて、ルナルクスは門へ走り、そこで振り返った。

青い目が輝く。だがすぐにふいと顔を背《そむ》けて駆け去った。

「……ルナルクス？」

家の者たちに見つかることを避けたのかもしれないとは思うものの、何が引っかかるのか。

（……目だ）

人と獣の違いゆえに普段は互いに仕草や視線の動かし方で機微を感じ取っている。

ルナルクスの瞳にあったのは、決意。強さ。そして悲しみ、だったような気がする。

ロジオンの温もりの名残《なごり》を縋《すが》るように抱きしめてエルカローズは頭上を仰ぎ、澄み渡った天空の星々が描き出すと語る運命に、己の直感が間違っていることを願った。

ふさわしくない。釣り合わない。

心の中にあった傾いたまま動かない天秤《てんびん》をエルカローズは投げ捨てた。釣り合いが取れないなんて最初からわかっていたのだから、それに関係を託すのは無駄《むだ》だと悟ったのだ。

愛を告げ、誓ってくれた。ロジオンのそれが、いま、信じるに足るもの。

不安になって迷うことがこの先もきっとあるだろう。けれどまるでそれを未然に防ぐかのように、彼の思いを綴った手紙が次の日から頻繁《ひんぱん》に届けられるようになった。

（私の考えなんてお見通し、って感じがする）

返事がなければ「私のことが嫌いになってしまいましたか？」などと書いてくるので返信せざるを得ない。そしてミオンたちと一緒に紙やインクを選ぶのが楽しくなってきてしまい、普通の恋人同士のようなやり取りを嬉しく感じる自分に気付かされて苦笑してしまうのだ。

手紙では、修道院を頼る人々が減っていると書いてあった。職場でも同じ報告を聞いている。どうやらロジオンの力は未《いま》だ発揮されているようだ。神様は意外と寛大らしい。それを喜ばしく感じながらも未だ揺れる葛藤に息苦しさを覚えたが、まるで励ますように綴られる明るい修道院での出来事はエルカローズの笑みを誘った。

今日の手紙も終わりに近付き、名残惜しく思っていると末尾に追伸があった。

『ルナルクスは元気ですか？　食事を用意しておくのでこっそり顔を出すよう伝えてください』

あの夜以降、ルナルクスの姿を見ていない。

すうっと気が遠くなるような気がした。ばらばらだった破片が勝手に繋ぎ合わされていく。ルナルクスがいなくなった。呪いの症状が出る者は減少している。つまり――？

風が強くなった。強弱する風の向こう側を探すようにエルカローズは周囲を見回したが、もちろんそこにはなんら変わりない景色があるだけで、求める答えは見つからなかった。

第5章　祝福は信じる者のために

「ただいま戻《もど》りました」

秋晴れの日、ロジオンが修道院から戻ってきた。

館《やかた》は季節の深まりを感じさせる植物に彩られていつもよりも美しく思えた。ロジオンもまた、瞳にこれまで以上の温かさと少しの感情の熱を宿し、何気ない仕草や言葉で迎えに出たエルカローズをどきどきさせた。

「お……お帰りなさい」

お土産《みやげ》に持たされたというブルーベリーのジャム、焼き菓子《クッキー》、葡萄地酒《ブランデー》が香るケーキなどをありがたく受け取って厨房《ちゅうぼう》に託し、自室に戻ったが、何とはなしに談話室に足を向けると、同じように思ったらしいロジオンが長椅子に腰掛けてエルカローズを待っていた。

「久しぶりの我が家はいいものですね。修道院だとこんな風にだらけることなんてできませんから。やっぱり家が一番です」

「ならよかった。……あなたのいない家は静かで……その、落ち着かなかったです」

視線を合わせ、長く絡《から》み合うにつれて、どちらの顔も花が色づくように染まっていく。

「…………」

「…………」

だが甘い時間に浸《ひた》れるほどロジオンは不真面目《ふまじめ》ではなく、エルカローズは使命感が強すぎた。

視線を逃した先でそこにいるはずの獣の姿がないことを確かめ、口を開く。

「街の人々が呪いの原因だったものについて噂《うわさ》していることを、知っていますか？」

「呪っていたのは魔獣だ、という話ですね」

やはり耳に入っていたようだ。

ロジオンが語るに、神教会はこの呪いが魔物によるものであると判断していたらしい。

姿を見せない状態で王都の住人を呪うので力の強い個体であると考えられてはいたものの、人々が言い合うように魔獣、それも特定されたものが原因だとまでは突き止められていない。

だが真偽不明の噂は強固に作り上げられてしまった。

いまやこの街は魔獣の脅威にさらされていると考えられ、教会や修道院は護符の製作や祈祷《きとう》といった別の仕事で多忙を極めているという。王宮の封鎖は解かれたものの警戒が続いており、エルカローズが所属する騎士団も魔物の捜索と討伐に向けて活発に動き出していた。

「あの夜からルナルクスの姿が見えないんです。どこを探しても、何度呼んでも姿を見せなくて。その一方で呪いの症状を訴える人々が少なくなってきていると聞きました」

もしかして、と思う。いやそんなはずないと首を振るのに、また同じことを考えてしまう。

唇を結んでいると、抱き寄せられた。

「相談する相手がいなくてさぞ不安だったでしょう」

くっと涙が込み上げたが、ここまで耐えたものを零《こぼ》すのは格好が悪い。

「わ、私はルナルクスが原因じゃないと思うんです」

「ええ、私もそう思います」

力強く言うロジオンには根拠があるようだった。

「あなたと会った夜のルナルクスからは呪いの力を帯びているもの特有の違和感がありませんでした。祝福の力が弱まったせいかとも思いましたが、症状を訴える患者には呪いの力を感じ取れましたから、ルナルクスが原因ならわかったはずなのです」

聖職者の第六感のようなものらしい。カーリアの恩寵《おんちょう》ではなく生来の感覚なので消えることはないようだとロジオンは言う。

「ルナルクスの行きそうな場所に心当たりはありませんか？」

「それがまったく思いつかないんです。寝床はこの館だし、おやつをくれる門番や近くの住人も姿を見ていないと言っていました。残るのは黒の樹海なんですが、近頃異変が見られるそうなので危険な場所に近付くだろうかと考えてしまって」

「よくない異変なのですね？」

「はい。どうやら力の強い魔物同士が争っているようです」

いわゆる縄張り争いだ。大規模なものらしく調査領域に近いところまで影響が出ている。

ロジオンは口元に手を当てて考え込んだ。怜悧《れいり》な目つきが珍しい。

「居場所はともかく、いなくなった理由が想像できないでもないですね……」

「そうなんですか⁉　それはいったい……？」

ロジオンは苦笑した。エルカローズの勢いを笑ったのかと思ったが、どちらかというとルナルクスを哀《あわ》れんでいるようだ。

「彼はあなたに恋をしていましたから。あなたを困らせたくなくて身を引いたのではないか、と思ったのです」

「恋？」

ぽかんとしてしまった。続いて首を捻《ひね》る。

「確かに懐《なつ》かれてはいましたが……」

「あれは恋する目でしたよ。あなたについてきてここで暮らすようになって、生活が快適だった以上に、一緒にいたいという気持ちが強かったのだと思います。ですからあなたを守ろうとして身を引いた、いや彼の性格を考えるなら……元凶《げんきょう》となるものを排除しに行った可能性の方が高いかもしれません」

突如《とつじょ》として告げられた指摘に目を瞬《またた》かせてしまったが、最後の言葉にぎょっとなった。

「排除……って、黒の樹海の異変はもしかして⁉」

「そうと決まったわけではありません、可能性があるという話です」

落ち着いてと言われるが、エルカローズはルナルクスと出会ったときの状況をめまぐるしく思い出していた。

あのときルナルクスはひどい怪我《けが》を負っていた。血痕が森の奥から続いていて、何かに襲われて逃げ、草むらの陰で力尽きかけていた。あれは魔物と戦って負った傷だったのかもしれない。その魔物が力の強い個体なら街に届くほどの呪いの力を放つこともあり得る。ルナルクスがそれを倒しに行ったのだとしたら。

「黒の樹海に行かなければ」

「そう言うだろうと思いました。できるのですか？」

「はい。恐らく可能です」

魔の領域の現状を調査する名目なら許可が下りるはずだ。高まっている不安を取り除くために調査隊を派遣する話はすでに出ているから、それに加わることができれば黒の樹海に行ける。

「もしルナルクスを見つけたとして、どうするつもりですか？　元々怪我が癒えたら元の居場所に帰すつもりだったでしょう。自らそうした彼を見つけた、その後は？」

エルカローズはしばし考え、答えた。

「何も。何もしません」

ロジオンは首を傾けて先を促《うなが》す。

上手《うま》く言えないと思いながらも必死に言葉を探した。

「私はただ、彼の無事を確認したい。彼が街の人々を呪っていないのならその疑いを晴らしたい。その後のことはルナルクスが決めていいと思います。自分の居場所を決められる自由があげられるならそうしたい。そう願うくらいには、私たちは一緒に暮らしたと思うんです」

家族だと思ったから、と心の中で呟《つぶや》いた。

何か一つを選ばざるを得ない状況で苦しんでいるかもしれないルナルクスを助けたいという思いが最初にあるだけだ。一緒にいることを選択するならそのための努力をするし、帰るというなら見送ろうと思う。

「家族の幸せを願うのは当然のことですね」

心を読まれたのかと思った。

寄り添う心を中心にして視線が絡み合う。

じわりじわりと滲《にじ》む、わかってくれたという喜びで頬が赤く染まる。

「わかりました。愛《いと》しい人が恋敵《こいがたき》を助けに行くというのは正直癪《しゃく》にさわりますが、私は恋のしもべです。私の花《ミア・ローザ》の望むままに」

（……おかしいな……甘い以外の概念を知らない人みたいなこと言ってるな……？）

愛しい人、恋敵、恋のしもべ。いったいどれに反応すればいいのか。

身を引きつつ「……遊んでいますよね？」と言えば「本気です」と返された。でも多分正確には『本気』で『遊んでいる』に違いない。

正しい意味での日常が戻り始めたことを感じつつ、それからエルカローズは王弟殿下の許可と協力を得るべく動いた。

魔の領域に入るための装備を整えるのはロジオンが手伝ってくれた。彼は手ずから護符を作り、効力がないと困ると言ってランチェス修道院で作っている護符も買い求めていた。

黒の樹海に赴《おもむ》くことができたのはそれから三日後だ。

南へ下るにつれて雲が厚さを増していく。大気は滑《ぬめ》るように生温《なまぬる》くなって妙に息苦しい。

樹海の入り口、そこに建てられた監視小屋の前で馬車が停まる。地面に降りると泥濘《ぬかる》んだ地面のなんとも言えない感触に身震いしてしまった。

「大丈夫ですか？」

差し伸べられた手に首を振る。

「ご心配なく。それよりも、ロジオン様は気分が悪くなっていませんか？」

「ここまで魔の気が濃いとぴりぴりした感覚がありますが、それだけなので問題ありません」

魔の気を刺激として感じているようだ。それなら戻ってほしいという言葉をため息に変える。

装備の支度を手伝ってもらったときにロジオンは隠れて自らの準備も整え、司教やアスキアラ修道司祭の推薦をもらい、調査隊の一人として加えられるよう暗躍していたのだった。

出発当日、簡素な生成色《きなりいろ》の修道服に花の紋章を縫い取った肩衣《かたぎぬ》、外套《がいとう》を纏《まと》った姿の真意に気付いたときにはすでに遅い。危険な目に遭《あ》わせられないと説得を試みたけれど大丈夫と言って聞かない。武器もあると短剣と長剣を帯びているが腕のほどもわからない。

結局、私が守るしかあるまい、と腹をくくるほかなかった。

「ならせめてこれを」

エルカローズは首の襟巻《えりま》きを外して渡す。

「これで魔の気が薄れるわけではありませんし肌が外気に触れなければいいわけではないと思いますから、気休めですが」

「いいえ。わずらわしさが和《やわ》らぎました。あなたの優しさが私を包んでくれるから」

ロジオンが微笑《ほほえ》む。エルカローズはただ、引きつった微笑みを返した。

（……うん、これでいい。そう簡単に動揺したところは見せないぞ！）

「聖者様ってすごいですね。かちこちだった騎士をお砂糖に変えられるんですから」

「うむ。仲睦《むつ》まじくて何よりだ」

視線を向けるとモリスとオーランドは途端《とたん》に口を閉ざしてわざとらしい笑みを返してきた。

今回エルカローズたちは先遣隊として正式な調査隊に先んじて黒の樹海に入る。王弟殿下に頼み込んでねじ込んでもらう条件が、彼らの協力を取り付けることだった。

事情を話すと二人とも承知してくれたが、実はロジオンからすでに話があったのではないか、そしてそれをエルカローズに黙っていたのではないかと疑っている。現に彼らはロジオンが同行することに反対らしい反対をしなかったのだ。案外敵は身近にいるのかもしれない。

さあ、と意識を切り替えて三人と向かい合う。

「――いまから森に入ります。現在発生している異変についての調査……というのは表向きの理由で、本当の目的はルナルクスの捜索です。黒の樹海の異変や人々を襲う呪いとルナルクスに因果関係があるのか、判断できる材料を発見できれば最良です」

オーランドが手を挙げる。

「もしルナルクスを発見したらどうすればいい？」

「ひとまず保護を頼む。ここに残すか、連れ帰った方がいいかは状況によって判断する」

一旦、無事を確認したい。エルカローズの意を汲《く》んでオーランドとモリスは頷《うなず》いた。

「通常の調査範囲内なので危険は少ないと思いますが、くれぐれも気を付けてください。一人にはならないこと。そしてロジオン様は私のそばから絶対に離れないこと。約束できますね？」

「はい、約束します」

「モリス様。僕たちもしかして逢《あ》い引きの邪魔をしているんじゃないでしょうか？」

「かもしれんな。まあエルカローズが初めて剣と仕事以外に目を向けたのを喜んでやろう」

そう軽口を叩《たた》く二人も、森に入ると騎士の顔になった。

最初の目的地は、ルナルクスを発見した森の浅いところにある小広い場所だ。

ただの森と変わらないように見えるが、少しも行かないうちにひどく暗くなってくる。先頭を行くのはオーランド、真ん中にエルカローズとロジオン、最後尾にモリスと続く。

木々は空を覆《おお》い、高みから聞いたこともない鳥の、げえ、げえという雄叫《おたけ》びめいた声が響く。風が吹くと雨に似た音がして、赤紫色の実なのか種なのかよくわからないものが次々に降り注いだ。

「イチイの木でしょうか、こんなに大きいものは初めて見ます」

「似て非なるもののようです。繁殖力が凄《すさ》まじくてこの辺りの木はほとんどあれなんですが、この森以外では育たないと聞いています」

「さっきから鳴いている鳥は？　あの大きな影でしょうか」

「いえ、あれはほとんど鳴きません。あの鳴き声は小さい鳥のものです」

きょろきょろするロジオンをさりげなく誘導し、木の根や窪《くぼ》みに足を取られないように気を払いながら答える。

緩《ゆる》やかな勾配《こうばい》をずっと降《くだ》っているような気がして、このまま地面に潜ってしまうのではないかと錯覚する。森の香りと暗闇は次第に濃くなってきた。

「エルカローズ。気分が悪くなってはいませんか？」

苦く笑った。この人は本当によく見ている。

「大丈夫です。護符のおかげで、熱も上がっていないし頭痛や吐き気もありません」

剣帯に吊《つ》るしていた黒狼《こくろう》の護符を手のひらで撫《な》でた。

それだけで嬉《うれ》しそうにするロジオンの存在はこの暗い領域であっても淡い光を放つようだ。

「ルナルクスが帰ってきたら新しいものを作りましょう。今度は三人お揃《そろ》いにして」

それは嬉しい。「楽しみです」と声が弾《はず》んだ。

「『ルナルクス』って名前で呼ぶんですね、二人とも」

先を行くオーランドが横顔で笑い、モリスも思うところがあるらしく頷いた。

「名前というものは力のあるものなのだな。『月の光《ルナルクス》』などと呼ばれて控《ひか》えていると光花神の使徒だという聖獣のようだったぞ」

「『名を持たず、愛を知らず、常に飢《う》えている』――だったっけ。そんな魔物に名前をつけるなんて神教会に怒られないかな？」

これに答えたのはロジオンだ。

「どうでしょう？　私の記憶では前例がなかった気がするので、どんな反応をされるか想像がつきません。それにオーランド様、神教会の聖職者たちに怒る権利はありません。お許しになるかどうかはカーリアがお決めになることです」

おっとりとした指摘にオーランドはちょっと驚いた様子で「失礼しました」と頭を下げた。

「……と、近くなってきたので先行します」

さっとオーランドが先を行くと、エルカローズはロジオンに言った。

「悪気はなかったと思うので、どうか」

「わかっています。どちらかというと彼の見方が一般的で私たちが少々変わっていることも」

一括《ひとくく》りに変わり者として扱われたが嫌な気はしなかった。ロジオンがそのことを不安にも思っていないし恐ろしいことだとも感じていないからだ。

エルカローズはただでさえ風変わりと言われる女性騎士で、普通の女性のように扱われることが稀有《けう》だけれど、元聖者というロジオンの経歴も変わっているし、こんな人間のそばにいようとした魔獣のルナルクスも結構な変わり者だ。変わり者が寄り集まったそこでは変わっていることは常識、というようなものだろう。

(人と魔物、それぞれの領分を侵《おか》してはいけない。でも……)

お互いの狭間《はざま》で作った居場所は温かな幸せそのものだった、と思う。

「そろそろだな」

モリスに声をかけられ、気付けば目的地だった。

背の高い木々に囲まれた窪地を苔《こけ》や下生えが彩っている。鬱蒼《うっそう》とした森の中でどこか仄《ほの》明るく、緑を育てる澄んだ水の香りがする。

周囲を警戒するオーランドに追いついて、手がかりがないか周囲を見回す。

「……ん?」

足元に何かある。しゃがみ込むエルカローズの隣にロジオンが並んだ。

「落ち葉の中に白い花びらが……？　それもなんだか汚れていますね」

汚されているというのが正しいかもしれない。ぐちゃぐちゃに噛《か》んでから踏みつけた、そんな汚れ方だ。見ていて気持ちのいいものではない。

白いルナルクスと汚れていたルナルクス、二つの姿が頭の隅《すみ》にちらつく。

「この辺りに咲いていた花だろうか？」

「他にそれらしいものはありませんね。ここにだけ咲いていた可能性も否《いな》めないですが」

「『白』というのが気になります。……なんだかルナルクスを連想させる」

騎士三人で意見を交わしていると、ロジオンが美しい指先で汚れた花びらを拾い上げた。

瞬間、空気が弾《はじ》かれる『ばちん！』という衝撃が走る。

「大丈夫ですか⁉　怪我は！」

エルカローズは息も止まらんばかりに驚いて咄嗟《とっさ》に手を取った。

花びらは塵《ちり》になったが、それよりもロジオンはエルカローズの剣幕に驚いている。

「痛みは？　我慢していませんよね？」

そうならば許さないと思いながら触って確認していると、手を掴《つか》まれて剥《は》がされた。

「大丈夫です。反発が起こっただけなので痛みはありません。こんな状況で嘘《うそ》はつきませんから安心してください」

それもそうだ、ここは戯《たわむ》れを口にできる談話室ではないし彼も危機感のない人ではない。

祝福の力と呪いの力は相反するもので、斥力《せきりょく》を帯びている。この場合ロジオンが持つ力が反発を起こし、音や光ではない別の衝撃となって現れたのだった。

魔の領域が魔の気に満ちているのは当然で、彼の言う通りなら心配しすぎる必要はない。

ずいぶん気を張っていたらしい。疲労感が押し寄せたがへばっている場合ではないと気を引き締める。

「ではこれは魔の気や呪いの力を帯びていると？」

「魔獣が近くに出現しているのか。思ったよりまずい状況かもね」

「離れてください。危険です」

モリスとオーランドが話しているのを聞きながら、エルカローズはロジオンがまた何かに触れないよう腕で制した。

「それはこちらの台詞《せりふ》です。不用意に触らないように」

庇《かば》うはずが逆に包み込まれるようにして遠ざけられる。むっとした。

「私は王弟殿下の騎士です。黒の樹海には慣れていま、あ痛っ」

「呪われた人が大きな口を叩くのではありません。警戒しすぎるくらいでいいのです」

額《ひたい》を鋭く小突かれた。痛かった。

なのにロジオンはとっても嬉しそうだ。

「涙目のあなたもとても可愛《かわい》らしいです。……泣かせてみたいな」

「ば」馬鹿なことを言わないで、と叫ぼうとして。

びゅうっと梢《こずえ》の間を冷たく強い風が吹き抜けて、口を噤《つぐ》んだ。

木々が唸《うな》り、誰かが走り回るような葉のかささこそという音があちこちから響く。誰にでもわかる不穏さだった。エルカローズは不満顔を引っ込め、周りを探る。ロジオンが自分の腕を探るような仕草をしているのは魔の気が濃くなっているのを感じているからだろう。

そしてはっきりとわかる、つんと鼻を刺すような臭い。どことなく甘く感じられる倒錯的な香りは黒の樹海特有の動植物が発生させているものだ。

「臭いますねえ。あまり長居はできそうにないね。一、二時間が限界かな」

調査に入った経験から判断してオーランドが言う。

（簡単には見つからないか……そう、だよな。ここにいる確証があるわけじゃないんだから）

悄然《しょうぜん》となってしまいそうな背中をエルカローズは意識的に正した。

できることならすぐにでも無事を確かめたい。異変が、呪いがというのは後回しにして、くしゃくしゃに抱き締めてやりたい。しかし王弟殿下の騎士の本分として危険な存在を簡単に迎え入れるべきでないこともわかっている。エルカローズだって最初は痛い目を見たのだから。

「うむ。全員笛はあるな？　何かあったら吹くように。決して無理はしないこと、いいな？」

モリスに「はい」と答え、エルカローズは彼らと別れ、ロジオンとともに探索を開始した。

奥に進むにつれて一足先に冬が来たような寒々しさに覆われていく。

息を吐くと、白くなる。樹海の全体を思えば入り口だろうにまるで別世界のように冷えている。景色が急に陰ったのは濃い紫や緑といった色彩のせいだ。

鳥の声一つしない。風に枝が揺れる音はどきりとするような大きさで響く。

「何か目ぼしいものはありますか?」

ロジオンの問いに首を振る。

「いまのところは何も。ただ、静かすぎます。普段はここまで静かじゃないんです」

「そうですね、魔の領域といってもそれぞれですが動植物が息づく森で静かすぎるのはただごとではありません」

聞けばロジオンは他国の魔の領域をいくつか訪れたことがあるという。その場所や、神教書に登場する毒の沼や死の荒地のことを話しながら、ここは比較的穏やかだと教えてくれた。

「魔の領域には大抵《たいてい》『主』に属する魔物がいます。神教書にはそれらを統括《とうかつ》する『王』がいるとも記されていますが誰も姿を見たことがありません。ただいくつかの魔の領域を訪れると主の性格のようなものを感じるので王の存在はあながち伝説ではないのだろうと思います」

「性格、ですか?」

「好戦的かそうでないか。縄張り意識が強いか。友好的に感じられたはずがある日を境に突然攻撃的になったということもあるので、魔物同士にも勢力争いや代替わりがあるようだと知り合いの神学者が言っていました」

ならいまこの黒の樹海で起きている魔物同士の争いも森の覇《は》を競ってのことなのかもしれない。それにルナルクスが巻き込まれている可能性も考えられた。

(私たちはルナルクスのことをほとんど知らない。ここでどんな風に暮らしていたのか、どうして怪我を負ったのかも……)

エルカローズは咳《せき》をした。嗅覚《きゅうかく》と、見えないところに攻撃を受けているようで、目眩《めまい》の前兆や息苦しさを覚える。

人間の領分ではない。そのことを強く感じさせる症状だ。

それでもここがルナルクスの居場所だというのなら、知りたい、と思う。そういうことを互いに繰り返して、知らない者同士が寄り添い合うようになるのだと思うからだ。

「少し休みますか？」

「いいえ。立ち止まっている方が危険でしょうから、行きます」

なんとしても手がかりを見つけようとするエルカローズの気持ちを正しく汲《く》んでくれるから、戻れとロジオンは言わない。だから前に進むことができる。

物音に気を付けて目を凝らす。

進めば進むほど暗くなる。この魔の領域の名の由来はどこまでも森が深いこと、また奥に行けば行くほど多くの植物が彩度を失って黒色になっていくからだと言われている。このまま進めば漆黒に染まった木々を見られるのだろう。戻っては来られないけれど。

ざざっ。

激しい音がして立ち止まる。

エルカローズは剣を抜いた。傍《かたわ》らのロジオンも静かに気配を探っている。

ざっ、ざざざっと落ち葉の上を何かが駆けている。あるいは這《は》い回っているのか。動きが素早く四方から音がするせいで方向が掴めない。

首筋がぞわりとした瞬間、ロジオンが叫んだ。

「左です！」

反応したエルカローズが剣を振り落とすと、ざくりと音がした。のたうちまわるそれは蛇、かと思ったが鱗《うろこ》もなければ目も鼻も口もない。

「……蔓《つる》？」

肌寒い場所では異質なほど植物の青い匂いがむんと漂った。

見間違いでなければ指ほどの太さの蔓草がばたばたと動いている。

魔物だと認識した途端、再びぞわっとした感覚を覚えた。

「右から来ます！」

これも正確に斬り捨てたが、魔物の次の動作が速かった。

切った蔓が信じられない速度で這ってきてエルカローズの足を木の根に結びつけたのだ。

「っ！」

そのせいで姿勢を崩した。エルカローズに加勢してロジオンも引き抜いた短剣を蔓に突き立てるが、切った端から動いて結び合う。

「くっ!?」

二度目に切った蔓がロジオンの右手に巻きついて武器を奪った。彼はすぐさま左手を笛に伸ばし、息を吸い込む。

――おぉおおおぉおおおお……!

甲高い笛の音は雄叫びに掻《か》き消される。

何もいない。

声の主を探すも、降り積もった枯葉とその合間に覗《のぞ》く緑、森が作る地面があるだけだ。

ロジオンに覆い被《かぶ》さられたその上を植物の蔓が鞭《むち》のように走った。

「エルカローズ!」

(首を狙われた!)

ざざっ、と音がする。姿を探すと、何もいない。

けれど下生えの緑がぞぞぞぞと動いて、背筋が凍った。

魔物はそこにいた。エルカローズが気付かなかっただけで、枯葉の下の緑に擬態してこちらを狙っているのだった。

立ち上がろうとして、つんのめる。

なんて賢いのだろう。魔物は互いに結び合い、エルカローズとロジオンの足を結びつけた上で木の根に繋《つな》いでいる。両手は自由になったがそれを喜ぶ暇《ひま》はなかった。

緑の波となって魔物が迫る。

茂みが膨らむようにして出現したのは骸骨めいた異貌だった。三つの黒々とした穴は両目と口だ。歪《ゆが》んだ笑みを作るのにはぞっとしたが、目を背《そむ》けることはしない。

ただ黒いだけの目に、澄み渡っていた青い瞳を思い出した。

まったく、別物だ。魔物と呼ばれてもルナルクスはこんな悪意だらけの生き物とは違う。もっと気高くて、美しい。汚れていてもその瞳の輝きは隠せない。

笛を咥《くわ》え、庇うロジオンを止めさせようとするのも間に合わない。

(食われる、それとも取り込まれる？)

魔物が騎士と元聖者を食らうとお腹《なか》を壊しそうだ――。

「――オン――ッ！」

なんとか一矢《いっし》報いる方法はないかと刹那《せつな》に過《よ》ぎった思考は、剣のような吠声で魔物とともに切り捨てられた。

声に重なった見えない力が横から薙《な》ぐようにして魔物を吹き飛ばす。

エルカローズとロジオンを縛《いまし》めていたものは怯《おび》えたように枯葉の隙間《すきま》に滑り込み、それよりも早く魔物の本体も遠ざかっていった。

鳥の声がした。

それで危機が過ぎ去ったとわかった。エルカローズを助け起こすロジオンが視線を止める。

触れられるところに足を揃えて座るルナルクスがいた。

「ルナルクス……」

そっと呼ぶが、彼はぱたりと一度尾を振ると立ち上がって背を向けた。

「このままでいいのですか、ルナルクス。その気持ちを告げずに去るつもりですか？」

ロジオンが呼び止める。

振り向いた目は険しく細められている。ロジオンが近付いても真っ向から相対して逃げなかった。それどころか気に食わなさそうに睨《にら》んだが、伸ばした手には渋々撫でられている。

「あなたがいなくなったのはエルカローズのためでしょう？　人々に呪いの力を使ったのはあなたではなくて別の誰か。その誰かから彼女や人々を守るために姿を消した。そうですね？」

「……ばふっ」

返事らしきものがあったが、どの問いに対して反応したのか。

するとロジオンは両の手のひらを上に向けた。

何をする気だろうとエルカローズは近くからやり取りを見守る。

「もう一度聞きます。ルナルクス、あなたがいなくなったのはエルカローズを守るためですね？　『はい』なら右手に、『いいえ』なら左足に手を置いてください」

(なるほど！　簡単な質問にすればルナルクスなら答えられる)

ルナルクスがこちらを見るのは質問の意味をわかった上で迷っているからなのだろう。

ロジオンは足を置きやすいよう下げた両手を揺らして促す。

そうしてルナルクスは、右手に足を置いた。

やっぱりそうだったのか、と切なさと愛おしさが込み上げる。

「いま人々を襲っている呪いの原因はあなたですか？」

ルナルクスは左手に足を置き、心当たりがあるらしく顔を険しくしてかすかに唸った。

呪いの原因は別にある。だったら森を調べれば手がかりが見つかるかもしれない。

(そうすればルナルクスも『家に戻る』という選択ができる！)

「あなたはエルカローズのそばにいたいと思いますか？」

三つ目にして核心を突く問いは彼を少し怒らせたようだった。「ばうっ」と吠《ほ》えて威嚇《いかく》したが、怯《ひる》まないロジオンの両手に向かって唸り、噛みつく真似をしてもなお動かないと知って次第に声を小さくしていった。

エルカローズもその答えを知りたい。固唾《かたず》を飲んで見守る。

右足を上げては下げ、左足を上げたと思ったら、どちらの手に置くこともなく下ろすことを繰り返していたルナルクスが、ふと頭をもたげた。エルカローズとロジオンを交互に見比べる仕草は、見えない何かを確かめるみたいだ。

長らく迷った末に彼が出した答えは、右手に足を置くことだった。

「ルナルクス……！」

胸打たれたエルカローズに抱きしめられて、ルナルクスは「きゅーん」と切ない声で鳴いた。

その声にはずっと言いたかった、でも秘めるべきだと思った、それをようやく明かせた喜びと辛《つら》さが滲んでいる。

「寂しかったよ。お前がただの迷い犬だったらよかったのにと何度も思った」

最初は困ったやつだと思ったし、呪いの力さえなければといまも思う。

けれど大事な友人で、家族だとも思っている。

ルナルクスはエルカローズの感触と体温を味わい、顔をぺろぺろと舐《な》めてきた。

「うっ、こら、くすぐったいぞ。はは、ははは っ」

「はふっはふっ、きゃうん！」

エルカローズの抵抗と笑い声にはしゃぎ、頭を突き出し、ときに飛び跳ねる。防御する手が反撃とばかりに頭をくしゃくしゃにするとそれにも喜んで、きゃん、きゃん、と笑う声で鳴く。

「こら君たち！　ここがどこなのか忘れてないか？」

「オーランド、モリス様」

抜き身の剣を鞘にしまいながら呆《あき》れ顔のオーランドと苦笑するモリスがやってくる。捜索に来てじゃれ合っているのを見つけたようだ。

「見つかったのならよかった。ひとまず森を出るか？　ここじゃ話もできないだろう」

「そうだな」と答えたとき、そこにあった気配が遠のく。

楽しくじゃれついていたはずのルナルクスは突然美しい座位になり、きらきら光る青い月の瞳をエルカローズに向けた。

「ん？　なんだ、ルナルクス」

「…………」

応《いら》えはない。

エルカローズが伸ばした手に頭を擦《こす》り付けて全身をふるりとさせると、つい、と鼻先を近付け――接吻《キス》をした。

そうして貴公子然とした所作で距離を取ると、もう一度座位になり、丁寧《ていねい》に頭を下げた。

今度こそ別れを告げる気だ。

「ルナルクス！　いいんだ、戻ってこい！　私が守る。私たちがお前を守るから」

ルナルクスの本気の速さをエルカローズは知っている。必死に呼び、言葉を継がなければすぐに駆け出して自分たちを置いて行ってしまう。

「呪いの元凶を見つけて、なんとかする。お前の冤罪《えんざい》を晴らしてみせる。だから」

ふ、と笑う気配がした。まるで「その言葉で十分だ」と言っているように聞こえた。

「――わふっ！」

高らかに明るい一声を発し、躍《おど》るように駆け出す。

持っている縄で繋ぐか。汚れた首輪の力で命じるか。

いいやそんなことは絶対にできない。彼の尊厳を踏みにじるなんてできるわけがない。

見送ることしかできないのならその姿を目に焼き付けようと、エルカローズがやがて光となならんとする姿を見つめていたとき。

「ぎゃぅんッ!!」

「ルナルクス!?」

ルナルクスは投げ捨てられるがごとく横に吹き飛んだ。

エルカローズたちは武器を構えた。刺激臭を伴った甘い芳香、立ち上がろうと震えるルナルクス、森全体が揺れて——魔獣の群れが姿を現す。

狼《おおかみ》に似た灰色の獣は十数頭はいるだろうか。歯を剥《む》き出しにして唸り、唾液を滴《した》らせている。どれもルナルクスより一回りは大きく、目は充血し、汚れていて不浄さを感じさせる。

一斉に襲いかかられれば無事では済まない。オーランドとモリスの警戒が高まり、エルカローズはルナルクスの様子を見守りながらいつでも助け出せるよう意識を集中させる。

だが次の瞬間、群れの後方にいた二頭がふっつりと消えた。

ギャッと悲鳴がした。

素早くロジオンに庇われたが見てしまった。

木の間から滴る赤いものは、消えた二頭だったもの。

「アァ……ニオ、ゥ……臭ウ、ゾ……ッ！」

そして首魁《しゅかい》が姿を現す。

闇に近い濃い紫の体毛はつい先ほど手にかけた同族の血に濡《ぬ》れている。弱いものは玩具《おもちゃ》だと思っているのだろうか。赤い目は暗い愉悦《ゆえつ》に歪められ、不揃いな牙を剥き出し、立ち上がった熊よりも巨大な身体《からだ》を揺さぶって、笑う。

「憎ラジィ、尻軽女、ノ……臭ィ……邪魔ォ、シニ来ダ、カアアァ……!?」

こんなときにそぐわない単語を聞いた気がした。

オーランドとモリスが、はてな？　という顔になっている。女と言ったからにはエルカローズを指しているが、彼らの中では尻軽と対極に位置するのだろう。喜ぶべきか微妙なところだ。

「マタ、呪ワレダィ、ノ、カァ……？　ゾレト、モッ……殺ザレ、ニ、来ダ、ノカァッ？」

ルナルクスは身を低くして恐ろしい顔で濃紫《こむらさき》の魔獣を睨んでいる。

そのとき並ぶようにしてロジオンが進み出た。

「つまり、この人や街の人々を呪っていたのはあなただったのですね？」

ガッガッガッ、と石を砕くような声で魔獣は笑う。

「災難、ダッダ、ナ……〇※××※※ガ、大人シ、ク、我ガ元ニ来デ、ィレバ……苦ジイ、思イ、セズ、済ンダモノ、オ……恨ム、ナ、ラ……ソイヅ、オ、恨メ……」

魔獣の赤い目は後退《あとずさ》りするルナルクスを面白げに見ている。

「誰のことですか？　あなたは彼を知っているのですか、いったいどんな関係なのです？」

「〇※××※※……我ガ、花婿《はなむこ》……」

「ルナルクスが、お前の花婿!?」

思わず声が出た。

「我ガ元ガラ、逃、ゲタ、愚カナ、男……我ガ、力ォ、無駄、ニ、使ワセ、オッデ……ッ」

忌々《いまいま》しそうに言ったが、魔獣は笑い出した。

「ゾンナ、ニ、人間ヲ、呪ッデ欲ジ、ガッタ、ノカアアアアア!?」

「っ！」

魔獣たちが一斉に吠えた。ルナルクスを笑い、彼が守ろうとするエルカローズたちを嘲《あざわら》う。

どこまでも冷静なロジオンの問答は魔獣から真実を引き出した。

濃紫の魔獣が呪いの力を使ったこと。対象はエルカローズ、そして街の人々だ。そうすればルナルクスは魔獣の存在に気付き、黒の樹海に戻ってくると考えたらしい。

そしてルナルクスとの出会いのきっかけとなった傷は、この魔獣との意に染まぬ結婚から逃れるために配下と戦ったときに負ったもの。

不明瞭な言葉を繋ぎ合わせ、知っていることで補完するとおおよそこういうことだった。

ルナルクスもまた強制的な結婚に振り回されたと知って驚いたが、それはすぐに魔獣に対する怒りに変わった。

結婚を強制されて、エルカローズとロジオンとは正反対にルナルクスは蹂躙《じゅうりん》されて奪われようとしている。

「コイヅ、置ィテ、イゲバ、見逃ジ、テ、ヤル」

「断る！」

間髪入れず誰よりも強い拒絶で返す。

「お前のようなものを見過ごすわけにはいかない。ルナルクスとお前の結婚なんて、私は認めない」

するとロジオンも隣に立って短剣を掲げた。

「ええ、残念ながらお断りです。私たちの家族を、あなたのような悪魔獣《わるもの》にやれるものですか。元聖者としても、脅威をもたらすあなたを捨て置くことはできません」

「悪党がいるのなら戦わなければ騎士を名乗ることはできない」

「我らアルヴェタイン王国騎士、身命を賭《と》してルナルクス殿をお守りする」

オーランドとモリスも倣《なら》い、剣を構える。が、ぼそりと呟いた。

「これ後で王弟殿下にめちゃくちゃ怒られるやつですよねえ」

「言うな。私はすでに胃が痛いんだ」

嬉しいのと申し訳なさで苦笑してしまったけれど意思はまとまったようだ。

真っ向から争《あらが》うと宣言された濃紫の魔獣は、口角を震わせるように牙を剥いて怒りを露《あら》わに、木々を揺らす叫びを迸《ほとばし》らせ、手下たちをけしかけてきた。

「祝祷《しゅくとう》いたします。騎士様方、聞こし召せ」

短剣を胸に、ロジオンは女神を讃《たた》える言葉を唱えた。

「この剣この意思が御心《みこころ》に適《かな》うのなら御力をお示しください。我らが光となりて弱きものを救う力をお与えください、光花神フロゥカーリア」

祈りが終わるか終わらないかのうちにオーランドが先陣を切った。

そしてあっという間に二頭を切り捨てた。日頃ののんびりした明るさからは想像できないが彼は近衛騎士の中でもずば抜けた使い手なのだ。

剣技の鋭さに見惚《みほ》れそうになるが、エルカローズはオーランドの手に余った敵を確実に仕留めるべく動いた。

「新手が来た！」

常日頃二人をまとめて支えてくれるモリスは索敵を怠《おこた》らず警告を発する。豊かな声はよく通り、エルカローズはオーランドとともに様子を窺《うかが》いながら守りを固める配置につく。

「がぁおっ！」

ルナルクスは自身を囮《おとり》にしながら魔獣とその手下たちを翻弄《ほんろう》していたが、新手を察知してエルカローズの傍らに戻ってくる。いつでも駆け出せるよう身を低く構えて。

新手だという、ざざざ、というざわめきには覚えがあった。

吠えかかる魔獣たちが次から次に緑の蔓に絡め取られ、いずこかへと引きずられていく。最初は噛み付いていた魔獣たちも分《ぶ》が悪いと悟って逃げ出した。植物の魔物の半分はそれを追い、もう半分はエルカローズたちに狙いを定める。しつこい性質《たち》だったようだ。

「気を付けて、あの魔物の蔓は切り離された方も動く」

「了解。斬撃《ざんげき》に強いなら打撃か刺突《しとつ》が弱点かな。よし、潰してみよう」

任せてとオーランドはにこやかに言って、植物の魔物を引きつけてくれる。モリスもそちらの対処に向かった。積極的に踏み潰そうと挑みかかるオーランドに魔物は怯んだらしく距離を取ろうとしているようだ。

がきっ！

「グゥウ……！」

「は、ああッ！」

濃紫の魔獣の牙を弾き、返す刃を振り下ろすが避《よ》けられた。

ルナルクスが追撃し、魔獣の首に噛み付くが致命傷に至らない。ぶん、という一振りで引き剥がされ、落ち葉の上に転がされる。

「人間ナドニ肩入レ、スル、愚ガ、者！」

「がうっ！　ばうばうばうッ！」

ルナルクスが激しく吠えて反論すると、魔獣はますます不快感を示した。

「優レタル、我ォ侮辱《ぶじょく》スル、ナド、余程、可愛ガラレ、タイ、ラ、ジ、ィナ！」

「あおぉっ！　うぅ……わわわぉぅっ！　がうっがうっ!!」

それは決別の言葉だったようだ。次の瞬間、獣《けだもの》の顔つきになった魔獣はルナルクスを噛み砕かんと襲いかかってきた。

それを許すわけがない。

斬撃を走らせると、濃紫の魔獣は呪詛《じゅそ》めいた怒声を迸らせる。呪いの力を浴びせられるのを感じたが、祝祷と護符のおかげで誰一人として膝《ひざ》を突くことはない。

「大丈夫だ、ルナルクス。私たちがお前を守るから」

「人間、風情、ガァアアアッ!!」

魔獣の猛攻が始まった。

噛み砕かんとする顎《あご》から逃れ、爪を弾き、押し潰そうと迫る巨体を躱《かわ》す。

狙いはエルカローズに集中していた。攻撃が大振りなので避けるのはそう難しくないが、如何《いかん》せん場所が悪かった。呼吸しづらいせいで体力の減りが早い。視界も暗く、油断すれば簡単に足元を取られてしまうだろう。

(長期戦は不利。ならば！)

エルカローズは踏み込んだ。攻撃に転じて相手が嫌がりそうな喉元や耳の付け根を狙う。

だが思ったよりも攻撃が弱い。息が上がって斬りつける力が弱まってきている。

「ギャッ‼」

（浅い！）

右足を斬ったが、がっ！　と鈍《にぶ》い音がして剣を動かせなくなった。

肉に阻《はば》まれた刃は骨を断つこともできず食い込んだまま、痛みに吠える魔獣の薙ぎ払いを躱して後退せざるを得なくなってしまった。

武器を失ったエルカローズはロジオンを探した。彼は長剣も腰に帯びていたはずだ。

「ロ、……――？」

求めた姿は目前にあった。

「遅くなってすみません。準備に手間取ってしまいました」

エルカローズを庇って笑うその手には抜き身の剣が握られている。

「準備……？」

「はい。それはそれは長い聖句を唱えないことには作り出せないので――聖剣というものは」

世界が白く染まる。剣の放つ光は漆黒の森の奥まで届いたことだろう。

陽《ひ》のように暖かく、月に似て冴《さ》え、星のごとく祈りを秘めた光は見えざる力を呼び込む。

ほとんど乱れることのなかった外套や衣服の裾《すそ》が、その不可思議な力でひらめく。金の髪がなびく様も、一欠片《ひとかけら》の恐れもない輝く緑の瞳も、悠々《ゆうゆう》たる微笑みも、何もかも神々《こうごう》しい。

世界を祝福し、鼓舞させる者として選ばれたロジオン。それはエルカローズが幼い頃思い描いた、騎士の始まりである修道騎士、その中でも選ばれた聖なる使い手の姿そのものだった。

「つ、作った？　聖剣を⁉」

だが発言を聞き流すことは不可能だった。開いた口が塞《ふさ》がらない。

「作ると言っても最初から鍛《きた》えたわけではなく、刀身に刻んだ聖句に祈りを付与しただけなので、正しくは『聖剣の役目を与えた模造品』と言うべきですね。私の祝福の力ではこれが限界ですから、効果は一度きり。それでも十分役目を果たしてくれることでしょう」

どうやら事前に準備した剣にたったいま祝福の力を込めたらしい。

ひゅうん、と剣を振るうロジオンの動作は疑いようもなく歴戦の剣士のそれだ。

長剣は扱えないと思い込んでいただけに顔を引きつらせて叫んでしまった。

「た、戦えるなら戦えると最初に言ってください！」

「話していませんでしたか？　というか、ご存じなかったのですね。神教会で私は聖者以外に聖騎士の位をいただいていたのです。広く知られているような気がしていたのでてっきり承知しているものと思っていました……お恥ずかしい……」

照れくさそうにされて、力が抜けそうだった。

大抵の人は知っているが『金』の聖者の印象が強くてあまり話題に上らない情報なのだろう。そんなことも知らない、どこかで見たか聞いただろうに覚えておらず、一般常識に疎《うと》いことを思い知らされてこんなときなのに情けなかった。多分後でオーランドにからかわれる。

ともかくここに一度きりではあるが最強の武器を手にした元聖者で聖騎士のロジオンがいる。

植物の魔物は狙い通り打撃に弱かったらしく何度か叩き潰されて逃亡寸前だ。

魔獣の配下たちはやられてしまったか逃げ出してもう残っていない。

濃紫の魔獣を凌《しの》げば、家に帰れる。

「帰りましょう。みんなで一緒に」

ロジオンのその言葉にエルカローズは力をもらった。

出会うべくして出会い、結び付けられることが定められている私たち。

すべては予言者《ユグディエル》の予言の通りなのかもしれない。

でもそんなことは瑣末《さまつ》だ。言葉よりも決められた未来よりも大事なこと。それはいまここで何を思い、何を感じているか。

(またロジオン様のすごいところを知ったのに、以前のように卑屈な気持ちにならない。むしろもっと知りたい、教えてほしいと思っている)

美しくて、ちょっと狡《ずる》くて、賢くて、優しくて。料理が上手くて、家のことをてきぱきこなして。綺麗《きれい》な微笑みも骨ばった指先も、低くて柔らかくて甘い声も。生活する上でわかったことも、まだまだ底知れない過去や経歴も。

全部ぜんぶ全部、私のものにしたい。

（そして、みんなが知らないロジオン様を私だけが知っていたい。見つけたい）

エルカローズはくしゃりと笑顔になった。

この人と結婚して家族になろう。積極的に思った自分が面映《おもは》ゆかった。

「はい、帰りましょう。そしていつものように談話室でのんびり過ごすんです」

いま、心から望む。ロジオンと結婚し、ルナルクスを加えて家族になる未来を。

（私たちは家族になる。私が、彼らが、そう望むから）

――りーん、と音がした。

硝子《ガラス》でできた鐘を鳴らすようなそれは何かの訪れを告げるように規則正しく、りーん、りーんと美しい音色を響かせる。見れば擬似聖剣が呼応するように明滅を始めていた。

ロジオンが求められるがごとく剣を掲げる。

ルナルクスが天を仰ぎ、吠えた。

弦楽器、笛や、喇叭《らっぱ》のような。気高く澄んだ声と硝子の鐘の音が重なる。重なって響く。響き合う。

「おぉお――――」

一筋の光が射す。声に連れられて、来る。

それは衝撃波を生み、魔の気を一瞬で吹き払った。

優しく心を撫でる温かさを感じた。魔の気とは反転した性質を持つその力を聖の気という。

その聖《きよ》らかな気を纏っているのは――。

「ルナルクス」

ルナルクスは光を帯びた青と輝く銀の光を纏った神々しい姿に変わっていた。

光花神の恩寵だ。カーリアがルナルクスを祝福した。

彼は輝きそのものの瞳に静謐《せいひつ》さをたたえて濃紫の魔獣を見据える。

大人と子どもの体格差があるというのに魔獣は慄《おのの》き、言葉を失っている。

ルナルクスが一歩足を踏み出すと魔獣は一歩退く。

もう一歩近付くと二歩、三歩と後退った。

聖なる青い光が魔獣の足元を打ち「ギャンッ！」と甲高い悲鳴が上がる。

立場は完全に逆転していた。濃紫の魔獣はルナルクスに命運を握られ、脅威を覚えている。

ルナルクスの青の瞳のきらめきが威容を示す。聖なる力で敵を屈服させるなど容易《たやす》いから、それをしない。強者の眼差《まなざ》しだ。

濃紫の魔獣はそれにいたく自尊心を傷付けられたらしい。

「ぐっ、グ……グ、ウゥウガアアァッ！」

この場で最も弱い獲物、すなわちエルカローズに狙いを定めた捨て身の突進は、単純ゆえに躱すことは容易い。平常ならば。

「……っ！」

足が、動かない。全身ががくがくと震え、息が上がる。

ここにきて体力が尽きたのだ。避けられるはずがその場に崩れ落ちたエルカローズに、オーランドの、モリスの、ルナルクスの叫び声が迸る。誰もが一瞬先の惨劇を予想した。

「――愚劣な」

だが、たったひとり、それを愚かな妄想だと叩き斬る人がいた。

「ギャァアアアアッ！」

冷たい呟きとともに斬り伏せられ、魔獣は絶叫した。魔獣の血液を消滅させるほどの聖性は、模造とはいえ間違いなく聖剣のものだ。その一撃は尋常でない痛みをもたらしたことだろう。

「そんなに消え去りたいのなら消してあげましょう。血の一滴、毛の一本も残しません」

エルカローズの背筋に震えが走った。

慈悲深い微笑みを浮かべているのに、緑の瞳は霜が降りたように凍り、爛々《らんらん》としている。どこから見ても美しく麗《うるわ》しい、けれど凄まじく怒っているロジオンを、エルカローズは魅入られたように見つめた。

穏やかで優しい慈愛の人。けれどいまは誰も触れることを許さない剣のようだ。初めて見るロジオンの姿に、何故か、エルカローズの胸は痺《しび》れた。

ロジオンは久しく怒ったことがないと言ったときの微笑みと同じ顔で、剣を掲げる。

「私の『花』を手折《たお》ろうとするのだから覚悟はできていますよね？」

こんな状況のせいか、私の『花』という呼び方が特別に響いて、エルカローズは赤面した。

聖剣を手にした怒れる元聖者と戦う気概を持つ者がどれだけいるのだろう。

少なくとも消滅の危機に瀕《ひん》した魔獣にはなかった。尻尾を巻いて逃げ出した魔獣に、ロジオンが凍れる微笑を含んだ哀れみの言葉を投げかけた。

「負けを認められないんですね……可哀想に」

酷《むご》い痕跡はあったが魔物は逃げ去り、エルカローズたちも軽傷で済んだようだ。塵を払うロジオンが視線に気付いて微笑みかけてくれて、終わったのだ、とエルカローズは力を抜いた。

そうして、ぱんっ、と弾ける音。

ロジオンの手にあった聖剣もどきが砕けて散り散りになると、冷たい森の空気と鳥の声、生き物の気配が戻ってくる。

我が物顔のルナルクスが、ふんっ、と鼻息を荒く地を踏みしめ、その場の全員が緊張を緩めて笑みを浮かべた。ルナルクスはエルカローズが伸ばした手に嬉しそうに頭を擦りつけ、耳をぴくぴくと動かす。尻尾も喜びに揺れていた。

「台詞を吹き替えるなら『勝った』だな」

「わあ、見事な得意顔《どや》。うんうん、格好いい、格好いい」

興味津々《しんしん》のオーランドにも撫でることを許してご機嫌だ。

白い光は落ち着き、光花神の祝福は消え去って、ルナルクスは美しい毛並みの普通の犬にし

か見えない姿に戻った。

その、ただのルナルクスに、エルカローズは両手を差し出した。

「ルナルクス。私たちと一緒に帰ろう？」

「わふっ」

ルナルクスは『はい』を意味する右手に足を乗せ、元気よく吠えた。

城への報告はモリスとオーランドに任せ、エルカローズたちは館へ戻った。

早く早くと誘《いざな》うように尾を振ってルナルクスが館に向けて走り出す。

出迎えに現れた使用人たちは無事を喜び、ルナルクスを目にして「おや？」という顔をした。

「あの魔獣が帰ってきたって⁉」

聞きつけたガルトンは嫌悪の言葉を投げつけて追い出しにかかろうとしたが、彼もまたルナルクスの変化を感じ取ったらしい。

洗われた後と同じように白いのに不思議な清らかさがある。

光に愛《め》でられた、まるで――聖なる獣のような。

「ばうっ」

何気ない一声だったに違いない。けれどそれは聞く者に衝撃をもたらした。

誰もが目を覚まされたような顔をする中、ルナルクスは堂々と館の扉をくぐっていく。

もうきっと彼を汚《けが》らわしいと追い払う者はいないだろう。一部始終を見ていたエルカローズは胸がすくような思いでロジオンと目を見交わし、二人で肩を竦《すく》めて笑った。

それぞれ汚れを落とすと、当たり前のように談話室に集まる。

先にロジオンがいてルナルクスの毛を梳《す》いている。これが欲しかったのだという声が聞こえそうなほど、ルナルクスは表情も身体もとろけさせていた。一通り毛を梳き終わっても「もっと」と毛梳櫛《ブラシ》を当てるよう要求する。

毛梳櫛が作った流れに沿ってエルカローズも手を滑らせた。極上の毛並みがますます艶《つや》を増して最高の撫で心地だ。お腹に顔を埋《うず》めて清潔な生き物の匂いをたっぷり吸い込む。

「我が物顔ですねえ、ルナルクス。本当にここで暮らすつもりですか？」

「わふん」と答えた彼はロジオンの右手をちょこちょこと引っ掻いている。意味は「はい」だ。すっかり会得してしまったやり取りにエルカローズは笑った。

「関係各所に許可を取る必要がありそうですね。国王陛下に話を通すのと、後は光花神教会にも説明しておいた方がいいでしょうか？」

「それじゃあ私が適任だな」

家の者ではない声がしてぎょっとした。ルナルクスも起き上がった。

談話室に入ってきたユグディエルはにこにことし、エルカローズたちの驚愕《きょうがく》を意に介さずルナルクスの前に膝を折り、警戒する唸り声に臆さず手を伸ばしてくしゃくしゃに撫でた。

「無事にことは済んだようだな。よかったなロジオン、妻と魔獣の子を癒やすことができて」

「どういうことですか？」

ロジオンは横からユグディエルの服の襟を掴み、立ち上がらせて尋《たず》ねる。

「こらこら、笑顔で襟首を締めるんじゃない。声が出せないと答え合わせができないだろう」

解放されたユグディエルは自由気ままに長椅子に腰掛けて語り始めた。

「魔物が魔物たるのは『名を持たず、愛を知らず、常に飢えている』からだ。いまのその魔獣の子はそれに当てはまらない。ルナルクスという名を持ち、人間に愛情を抱《いだ》き、思いのこもった食事を毎日、しかも人を害することのないようにという祝福の力が働いていたものを食べていた。だからロジオンが祝福の力を失うように、呪いの力を徐々に失っていったのだよ」

「それではルナルクスはもう魔物ではないということですか？」

「そうだよ騎士殿。だからといって普通の獣でもないがね。その子はまだ大人になりきれていない。聖と魔のどちらを選択するかはお前たちの躾《しつけ》次第だな」

ユグディエルだけが知る何かがあるようだが、エルカローズにはよくわからない。

それでもいつかそのときが来るのなら。

近くで見守ってその選択を祝福してやりたい、とエルカローズは思った。にやにや笑っているユグディエルは結末をすでに知っているのだろうけれど、そこに至るまでの過程にこそ意味がある。結婚を予言されて出会ったロジオンと家族になりたいと思ったように。

「さて、客が来るから迎える準備をしようか。窓を開けさせてもらうぞ」

ユグディエルはぱちんと手を打って腰を上げる。

何故窓なのだろうと思ったとき、ぎょっとするほど大きな塊《かたまり》が飛び込んできた。

身を竦めたエルカローズがロジオンの肩越しに見たのは、暖炉の上の飾り棚の縁を大きな爪でがしりと掴んだ、黒味を帯びた灰色の鴉《からす》だった。

「謹聴せよ！　謹聴せヨ！」

「魔物!?　私たちを追ってきたのか？」

人の言葉で喋《しゃべ》る鳥は翼を大きく広げて構わず喋る。

「謹聴セヨ！　謹聴、ゲエッ!?」

だがルナルクスに飛びかかられて天井の吊り照明の上に逃げた。

エルカローズは慌《あわ》ててルナルクスの背に手を回して「玩具じゃないから！」と抑えた。

「キッ、謹聴せヨ！　黒キ樹海の尊キ方のお言葉である！　我が領域の者、○※××※※の処遇についテ申し伝えルベキ事項あり。ついてハ急ギ会談に応じラれたシ。繰り返ス！」

「黒の樹海から客が来る。こいつは先触れだ。外に行くぞ。人間の住処《すみか》に入るのはあちらも抵抗があるからな」

喋る鴉と唸るルナルクスを見比べる二人の何事かという視線に、ユグディエルが答える。

黒鳥の魔物は三度同じことを唱えて、ばさっと翼を広げた。

「平伏せヨ！　尊キ御方のお越しであル！」

その声に驚かされて外に飛び出す。

星の輝きが一つ、二つと息を潜《ひそ》めていくのを見た。背後にあるはずの館の明かりと人の気配を遮断され、影が深まる異様な気配にエルカローズは顎を引く。

遠くの暗闇が雲のように渦を巻いている。

明らかに何か、いる。

「姫君、ゴ来臨《らいりん》――！」

とす、とそこから一歩踏み出した漆黒の影。

優雅な足取りでやってきた強大な闇はユグディエルの前で動きを止める。

「黒の樹海の姫君。白き魔。銀月の君。ご機嫌よう、ご足労いただいて申し訳ない」

「こちらこそ」

途端、影が消えた。纏っていたものすべてを剥ぎ取るようにして姿を現したのは。

（なんて美しい――）

「出迎えをありがとう。予言者殿、そして我が同胞を守ってくれた人間たち」

白銀の美しい魔獣だった。

穏やかな低めの声が紡ぐ言葉は淑女のもの。銀に光る目に優しさと知性が浮かんでいる。濃紫の魔獣と体長はほとんど変わらないが、態度も喋り方も雰囲気もまったく異なっていた。

まさしく姫君だ。ごく自然と貴人に対する礼を取っていた。

「不躾な来訪をさぞ訝《いぶか》しく思っていることでしょうが、まずはお礼を。わたくしの敵たる者をあなた方が懲《こ》らしめてくれたおかげで、我が領域の平穏が守られました。心より感謝します」

「敵というのは濃紫色を持つ魔獣のことだな」

「ええ。あれは徒党を組み、領域を荒らし、奪い、無用な戦いを仕掛けては多くの者を傷付けました。対処せねばならないと思っていた矢先、あなた方の助力を得たのです」

「力をなくして逃げ隠レ！　ざまァみロ！」

姫君と魔鳥によると、あの濃紫の魔獣は力をほとんどなくし、いまは他の魔物たちに追われて逃げ回っているという。それだけ恨みを買っていたということだ。

「そのお礼に、そちらの騎士殿にわたくしの領域の一部を下賜《かし》します」

「えっ⁉」

驚愕の声が出た。

魔の領域は独自の動植物が生息する可能性に満ちた土地なのだ。一部であってもそこを好きにできるなら、研究を進めて様々なものを発展させられる可能性がある。

「姫君の意向に添うようにするが、上に話を通しておかんと差し障りがある。ひとまず私に預けてくれないかな？」

ユグディエルの申し出に、姫君は鷹揚《おうよう》に頷いた。

「騎士殿がそれで良いのなら。深く入り込む者が後を絶たぬので、決められた領分を守ることをどうか約束してください」

「御心に添うように致します」

慌てて頭を下げたエルカローズに姫君は優しい顔を向けた。

「騎士殿。誠実なあなたを見込んで、実はもう一つ、お願いがあります。あなた方がルナルクスと呼んでいる同胞をこちらで学ばせてはもらえませんか？」

お願いというので何かと思ったが、つまり。

「ルナルクスをお預かりする、ということですか？」

「ぅう！　がうぅぅう……」

ルナルクスが声を上げると、姫君はそれをやんわりと受け流した。

「これからのために必要なことです。あなたはまだ幼いし、いずれ若い者たちを率いていくのだから学ぶことは意味があると思いますよ。それに人間の世界について知るべきだと実感したでしょう？　聖者の祝福のおかげで力が暴走しなくなったのだから」

ルナルクスが忌々しそうに唸っているのは「偉そうに」などと言いたいからだろうか。

「力が暴走していた？　ルナルクスが？」

首を捻るエルカローズをにやにや見ていたユグディエルの足を、ロジオンががつんと蹴《け》った。

「私の未来の妻をにやついた顔で見る暇があったら彼女の疑問に答えてください」

「聖者の微笑みとその足癖の悪さ、お前らしくて嫌いじゃないよ」

痛いところに入ったらしく膝を摩《さす》っているので、本心に違いないが負け惜しみに聞こえた。

「呪いの力は祝福と同じ、使い手の意思に因《よ》るところが大きい。ルナルクスの、敵への不安や怯え、エルカローズへの好意と、ともにいることを邪魔する周囲への嫌悪といったものが影響して、力が制御できず周囲へ無差別に呪いを振りまいていた。中でもエルカローズへの思いが最も強かったせいで呪いの症状も重かった、というのが真相だな」

「それがロジオン様の祝福の力で収まった……？」

「心身の負荷や安定性を欠いていたことが原因だったからな。こう言えばわかるだろう――傷付き、心乱され、不安に苛《さいな》まれた者にとって最も癒やしとなるのは美味《うま》い飯と温かい寝床だ」

「懐いているのに何故だろうと思っていたけれど、暴走だったのか……」

しみじみと言うとルナルクスは俯《うつむ》いてしまった。下がった尻尾が力なく地面を掃《は》く。

「いまは制御できるんだったらよかった。怒っていないよ」

あの呪いが不本意だったとわかって嬉しい。両手でくしゃくしゃに撫でると、ルナルクスの表情が明るくなった。べろん、と大きく舐められる。

「負の感情が強まると呪いが発動するからきちんと躾はするようにな？」

「お願いします、騎士殿」

じっと見つめられて、エルカローズの背筋に寒気が走った。それは直感だった。

（断ったら、呪われる！）

どんなに美しくても魔獣、それも姫と呼ばれる立場の力の強い存在だ。エルカローズを呪うことなどあの濃紫の魔獣よりも容易くやってしまえるだろう。

それに黒の樹海の一部を譲渡すると言っているが、ルナルクスの身柄を預けることの方に重きを置いているならばそれは賄賂《わいろ》に違いない。

「……承知しました……」

とにかく頷く以外の返事は認められていないとわかったエルカローズがなるべく丁重に頭を下げると、ユグディエルが話は終わりと手を打った。

「細かいことは後にしよう。腹が減ったぞロジオン。晩餐《ばんさん》に招待してくれるだろうな？」

「最初からそのつもりなのに訊《き》くのですか？　そして私が作るのですね？」

張り詰めていた空気が弛緩《しかん》する。言われてみればエルカローズも空腹だった。

そしてふと思い立ち、くいくいとロジオンの袖を引いた。

「ロジオン様。姫君も晩餐にお誘いしていいでしょうか？　もちろん先触れの方も一緒に」

館の主人であるからには礼儀正しく客人をもてなす義務があるが、彼の負担になるようなわがままは言いたくない。そう思ってこっそり尋ねるエルカローズに、ロジオンは相好《そうごう》を崩す。

「もちろんです。では姫君のために夜天の庭での会食にしましょうか」

「あ！　だったらセレーラたちに明かりを持ってきてもらって、日陰棚に洋燈を下げるのはどうでしょう。幻想的な眺めになると思うんです」

「うぅうう、あんっ、あんぁんあんっ！」

「姫君方、晩餐をご一緒にいかがですか？」

ルナルクスとエルカローズの誘いを受けて、姫君は目を見開いていたが、くしゃりと微笑むと「お受けいたします」と応えた。魔鳥も翼を広げて喜びの声を上げている。

急に周囲が騒がしくなった。

異変に気付いた館の者たちが出てきたのだ。驚く彼らに主人のように振る舞うユグディエルが晩餐の準備を指示し、姫君はよりにもよってガルトンに案内を頼んで彼を震え上がらせていた。ルナルクスはそれを鼻で笑うと「わふ」と吠えてエルカローズたちを促す。

繰り広げられる光景を笑った後、ロジオンの瞳はまたエルカローズに戻ってきた。

「ロジオン様、どうかしましたか？」

「いいえ。なんでも」

彼はエルカローズをときめかせる満面の笑みになって。右手を差し出した。

「幸せだな、と思っただけです」

手に手を重ねて、二人は慎《つつ》ましくも確かな一歩を踏み出した。

花を着ているみたいだった。

前面が身体《からだ》の線に沿うだけの飾り気のないドレスは背面が恐ろしく開いていて、真《ま》っ直《す》ぐな背骨の周りを繊細なレースが飾っていた。櫛《くし》を通すだけだった髪は何度も鏝《こて》を当てられて美しい巻き毛を作り、耳元を真珠で飾っている。化粧をして鏡の前に立つエルカローズは、自分でもびっくりするくらい綺麗《きれい》で、このときばかりは花とたとえられるのも納得できると、感涙《かんるい》に噎《む》ぶセレーラたちに囲まれながら深く頷《うなず》いたのだった。

鱗雲《うろこぐも》の浮かぶこの日、エルカローズとロジオンは婚約式に臨《のぞ》む。

ルナルクスの処遇が決まったので、二人も次の段階に踏み出すことになったのだ。

国王や関係者と話し合った結果、最終的にルナルクスはエルカローズの預かりとなった。

定期的な報告を義務付けられ、調査する人間が館《やかた》に出入りするようになるのは当然のことだろう。呪いの力を制御できるのなら無理に黒の樹海に帰すことはないと告げられたとはいえ、魔の領域も魔物も人間には未知数のものだ。これを機に魔物について詳《くわ》しく知ろうとする思惑が見え透いていたから、エルカローズはしっかりとルナルクスを守る責任がある。

一方でもし彼が周りに被害をもたらすことがあれば、王弟殿下が言ったようにエルカローズが処分を下さなければならない。

けれどそれはいつか起こるかもしれない未来の話だ。お互いがお互いを守れるよう努力していけば望まぬ未来を遠ざけられると信じている。

セレーラたちに先導されて、エルカローズは菜園に向かった。使用人たちが一生懸命に飾り付けた婚約式の場には家の者たちのほか、カインツフェル伯爵夫妻、ベルライト子爵オーランド、ランチェスタ修道院のアスキアラ修道司祭が参列している。

ささやかな婚約式になったのはひとえにロジオンが焦《あせ》ってことを運ぼうとしたからだ。結婚式を延期したせいで準備がさらに手間取ることがわかった彼は「婚約式をしましょう」とさっさと日取りを決めてしまった。

「いったいどうしたんですか。いまさら焦るようなことではないでしょう？」

「こうでもしないとあなたは私を夫だと思ってくれませんから」

珍しく強引な彼に尋《たず》ねるとこういう返事だった。

「私たちが名前のつく関係でないのが我慢できません。このままではあなたが私にしてくれることがすべて無償の施しになってしまう。私だってあなたに色々したいのです。家族として夫として、私がしてもらって嬉《うれ》しいことをあなたにしたい。あなたを守ること、安らぐことも笑わせることも全部。居心地のいい家と幸せな毎日をあなたに贈りたいのです」

それを聞いて思ったのは「私の台詞《せりふ》だと思っていた」だ。

(支えてくれ癒やしてくれと言うのが普通だろうに、この人は)

けれどそれは嬉しい裏切りだった。

アデライードから社交界の噂《うわさ》を聞いていたこともあるし、不仲ではないし結婚する意思があると表明するのに婚約式は有効だと思い、提案に乗ったのだが、それからが大変だった――ついドレス選びから会場の飾り付けから料理から翻弄《ほんろう》された日々を追想しかけたが、ロジオンに手を差し出されて我に返った。

金糸の刺繍《ししゅう》が施された白い長衣を纏《まと》ったロジオンはとにかく美しく凛々《りり》しかった。見逃しがちなたくましさも、豪奢《ごうしゃ》な髪も緑の瞳も整った顔立ちも、絵画や物語から抜け出てきたように現実味がないのに、触れた手が確かに熱くてエルカローズの鼓動は勝手に跳ね上がっていく。

秋の終わりの庭は仄《ほの》かな甘い香りに満ちている。それは落葉が熟成される匂いであったり、啄《ついば》まれたブドウや小さなリンゴといった果樹の香りだったりする。紅葉種はそろそろ冬支度のために葉を落とし、菜園は少しずつ勢いを潜《ひそ》めて色彩を減らしていたが、力強くたくましい常緑の植物たちが色を濃くしているから、冬もまた美しい眺めを作ってくれるだろう。

「始めていいかな?」

にやにやと言ったのはユグディエルだ。立会人が必要だろうと言って、何もかもわかったような顔でやってきたのだった。

その足元では金のリボンで身を飾ったルナルクスが尻尾をふさっふさっと揺らしている。

エルカローズとロジオンはユグディエルの前で互いに向かい合った。

「今日ここにいる男と女が誓いを立てた。ロジオンとエルカローズ・ハイネツェール、光花神教導師ユグディエルの名の下《もと》に二人の婚約を宣言する」

参列者から小さな歓声と拍手が沸き起こる。

ユグディエルが誓約書を読み上げ、二人でそれに署名した。続けて指輪を互いの指にはめるのだが「うわっ!?」と声が出そうになった。

神教会側が用意した婚約指輪がここでお披露目となったわけだが、それは花と紋章を彫り込んだ金印だった。しかもただの印章指輪《インタリオ・リング》ではない。光花神フロゥカーリアの紋章が刻まれた、光花神教の導き手が身の証《あかし》とするものだ。

それを身に着ける者は『光花神教』というとんでもなく巨大な後ろ盾を得る。

恐る恐るロジオンを見ると、ぱちっと片目をつぶられた。

(は、謀《はか》られた！)

エルカローズは一般信徒だが、光花神教で最高位に近しい身分を持っていたロジオンが位を退いても結婚相手には神教庁の庇護《ひご》を受ける資格があるというのだろう。泡を食っているうちにするりと指輪をはめられてしまい、その重さが責任感としてのしかかってくる。

そしてさすがというべきか、ロジオンの指に印章指輪は非常によく似合っていた。

「重いですか？」

「重いです」

やがてロジオンの祝福の力は失われていく。だからそんな答えになった。

「だからその分幸せになりましょう。溢《あふ》れた幸せを他の人々に分けられるくらいに」

きりりと告げると、大きく見開いたロジオンの緑の瞳は甘く優しく、どこまでも愛《いと》おしいものを見つめるように細められた。

「予言します、私の花《ミア・ローザ》――私たちは世界で一番幸せな夫婦になるでしょう」

元聖者風情が、と本物の予言者は笑う。

「では幸福な二人から挨拶《あいさつ》を」

手と手が深く絡《から》まる。

じわじわと満ちていく多幸感に目眩《めまい》がした。

この手が好きだ。その瞳が、髪が。眼差《まなざ》しが。体温が。すべてが愛おしい。

これらすべてを私のものにできるのだ。

いままでのこと、そしてきっと愉快な思い出になるこれからのきらめく日々を想像して、エルカローズは決意を新たにする。

(そう遠くない未来、私はこの人の伴侶《はんりょ》になる。ともに生きる幸せな家族になる)

伴侶という言葉には配偶者の意味だけでなく、ともに連れ立って行く者という意味がある。

一人で頑張ることも助け合えることもできる家族に、きっとなれる。作ってみせる。

頬を染めながらその喜びを感謝しようとしたとき。

「わんわんわんわんわんっ！　ばふっ」

忘れてはいけないもう一匹の家族がけたたましく吠《ほ》え始め、繋《つな》いだ手に突進してくるが、ロジオンがひょいっと手を挙げたので空振りに終わった。

「わんっわんわん！」

「『いつまでくっついているつもりだ』と」

「は？」

突然それらしい翻訳をしたユグディエルが「ううう」「ぐううう、わふっ」と何か訴えているルナルクスにふんふんと相槌《あいづち》を打つ。

「ふむ、『恩があるから一緒にいることは認めるが調子に乗るな』と。『少し手先が器用で美味《うま》い食事が作れるだけだろう』。ふ、ロジオンの食事が美味いとは感じているんだな。……うん？『言葉がわかるなら注意しろ』？　ははは、自分で伝える努力をしないとこれから苦労するからな、試練だよ試練」

呆気《あっけ》に取られてしまったが、予言者《ユグディエル》は光花神の血族だからこそ予言の力を持つのだということを思い出した。魔獣の言葉を聞き取る能力は女神の血が可能にするものなのだろう。

ルナルクスはとことことやってきてエルカローズを見上げた。

「わんわんっ、ばふ！」

「『俺は君が好きだ。君と番《つがい》になりたい』」

「はあ!?」

エルカローズは言葉を失った。以前ロジオンに指摘されたが深く考えず、単に懐《なつ》かれているだけだと思っていた。

ロジオンとルナルクスは視線でばちっと火花を散らし、同時にこちらを見る。

「ばうっ」

「どちらが本夫《おっと》ですか？」

金の髪のロジオンか。白銀のルナルクスか。

「…………ふ、二人と一匹で家族、です！」

決めておかなければいけないのはわかるし、答えも決まっているのだが、選ばれない方を傷付けたくない。だってせっかくの晴れの日なのだ。

ロジオンに目で（わかってください）と懇願《こんがん》したが明らかに敵前逃亡だった。

「あなたは優しい人ですね」

勝利を確信したロジオンの生温かい眼差しと言葉にうっとなる。ルナルクスはふんっと鼻を鳴らしただけで追求しなかった。これはしばらく揉《も》めるだろう。

「なあ痴話喧嘩《ちわげんか》は後にしてくれないかなー!?　早くロジオンの料理が食べたいんだけど！」

「まあオーランド殿！　大事なところなのですから横槍《よこやり》を入れてはいけません」

オーランドが野次を飛ばし、アデライードが窘《たしな》める。ルナルクスが魔獣であることを知らない妻の素直な無邪気さをモリスは笑い、アスキアラはルナルクスの問題発言を聞かなかったことにしたようだ。使用人たちは呆《あき》れたような仕方がないような苦笑を漏《も》らし、ユグディエルはそれらを見渡して微笑《ほほえ》んだ。

「いい庭だ。祝福の力を持たずとも人を癒やす庭は作れるという証左だな」

木と花々を揺らして吹く風が優しく撫《な》でていく。

ロジオンの眼差しを受けてエルカローズははにかんだ。

育っていく思いが熱となっていつか花開くときを予感させる。

花と果実と緑の香りに幸福な未来を思い描きながらエルカローズとロジオンは親しい人たちに婚約の挨拶を述べる。

予言にさだめられた二人の結婚は、婚約を果たしたことでひとまず前進した。


——輝く三日月が早々に傾いた深い時刻、浮かび上がるようにして談話室に光が灯っていた。

今日一日、真相を知っている人もそうでない人も入り交じった場で大いに構ってもらったルナルクスははしゃぎ疲れてエルカローズの寝室で眠っている。

逆にエルカローズは目が冴《さ》えてしまって、足を向けた談話室が明るいことに驚いた。

そっと覗《のぞ》いてみると、椅子に腰掛けたロジオンがぼうっとしていた。気が抜けたとも言うべきか、隙《すき》のない彼らしからぬ姿だ。

かと思ったら深くため息をついて顔を覆《おお》ってしまう。

「………綺麗だったな……」

「眠れないんですか？」

声をかけた途端《とたん》、ロジオンは魚のように跳ねた。

「エルカローズ……！」

「すみません、驚かせてしまって。考え事の邪魔をしたくないので戻ります」

身を引くよりも早く手を取られた。

いつになく真剣な彼の目元は羞恥《しゅうち》のせいかほんのり赤く染まっている。

「……居て」

（か、可愛《かわい》い……！　照れてるよねこれ!?）

わかったと言わなければ拗《す》ねてしまいそうな子どもみたいな表情に胸をときめかせつつ並んで座る。未《いま》だ照れて膨れているロジオンを横目に見ていると、膝に座る？　と言ってしまいそうだったがよく考えなくても言わなくて正解だ。押し潰されるし心臓が保《も》たない。

その代わりと言ってはなんだけれど、ことりと首を傾けて彼の肩に頭をもたせかけてみた。

――肩に手を置かれて鼻先に口付けられた。

「っ⁉」

「隙ありですね、騎士様」

エルカローズが赤くなってロジオンはやっと機嫌を直したようだ。

叫び出したくなるのを堪《こら》えて、負けるものかと言い返す。

「ならば今度正々堂々手合わせをしましょう。元聖騎士様から一本取ってみせます」

「大きな口を叩《たた》きましたね？　私はそこそこ強いですよ。修道騎士に交ざって鍛えましたから」

各国の騎士団は光花神教の修道騎士団に倣《なら》って設立されたものでアルヴェタイン王国も例外ではない。厳格な修行の果てに凄《すさ》まじい強さを身に付けるという修道騎士の勇猛さは音に聞く。

ロジオンはそんな彼らとともに訓練したというのか。

エルカローズは身を乗り出した。

「その話、詳しく聞かせてください」

「いいですよ。今日は語り明かしましょう。まずは夜食を準備しましょうか」

そうして二人で年甲斐《としがい》もなく厨房《ちゅうぼう》に忍んで行って食べ物と飲み物を漁《あさ》り、ロジオンは簡単な惣菜《そうざい》を作ってくれた。

もちろんそこにはエルカローズのためのスープもあった。

談話室に戻り、ささやかな思い出話や大小の事件を話した。一通り話した後は家族や友人知人、恩師の話。どこから始まったのか好きなものと苦手なもののことを喋り、途中で童謡か何かを歌ったような気もするが盛り上がりすぎて覚えていない。明日の出勤が遅番なのをいいことに疲れるまで語り明かした。

まだまだ知らないことがたくさんあった。それはとても幸せなことだった。

——夜が更《ふ》ける。

頬や唇に温かいものが触れた。うたたねしているところをルナルクスが舐《な》めているのか。

「……ん……ルナルクス………？」

「よりにもよって恋敵《こいがたき》の名を呼びますか」

低い声にぱちっと目を開けると、途端に息を飲まざるを得ない口付けが降ってきた。

「んっ、ロジっ……！」

眠気が吹き飛ぶ口付けに意識がさらわれないよう、必死に彼の袖を掴《つか》む。

「……可愛すぎだ」

「ま、だめですっ！　まだ夫婦じゃない……！」

息を継ぐ合間に抗議すると、微笑まれた。

金の薔薇《ばら》が黒い輝きを放つところを見る。

「そうですね——夫婦になってからのお楽しみ、ですね？」

覚悟しておいてくださいね。

そう告げられたのは果たして現実のことだったのだろうか？

次に目を開いたとき、部屋は朝の光に満たされ、二人もたれあって眠っていたところを、仕事を始めたセレーラとゲイリーに発見されていた。

「婚約されたのだからもう少ししっかりなさってください」

ごめん、と寝不足の顔で肩を竦《すく》める。気を付けます、とロジオンも殊勝《しゅしょう》な態度だった。

（あれは夢？　夢にしてもなんて夢なんだ）

こちらを見るロジオンが悪い微笑みを浮かべていたなんて、首を振って眠気を振り払うエルカローズは気付かなかったし、想像もしなかった。

釦《ボタン》を留めた白いシャツ、黒いズボン、編み上げ靴を身に着け、上着に袖を通す。

玄関に飾られているのはユリオプスという黄色いキクだ。どれを切ろうかと考えていたらロジオンがこれにしてほしいと言ったのだった。

ひとしきり匂いを嗅《か》いだルナルクスはこちらを見るなりむすっとする。夜更かししたエルカローズたちが仲間はずれにしたことと、さらにロジオンが優位に立ったかのように「エルカローズは昨晩私と一緒にいましたよ」などと言ったので不機嫌になっているのだ。

「早く王宮の仕事を見つけますね。そうしたらあなたの近くにいられます」

「ええと、私のことは構わないでいいので……何か新しいことを始めるなら、応援します」

離れがたいとでもいうように甘く見つめるロジオンから、気恥ずかしさで目を逸《そ》らしつつ剣を受け取り、腰に帯びた。

そんな近衛騎士の出で立《いた》ちに似つかわしくないものが一つ、左の薬指に輝いている。

「それでは、いってきます」

「いってらっしゃい。気を付けて」

門前で振り返るとロジオンが手を振っている。

エルカローズはそれに手を振り返して——指輪が思っていた以上に重いので首から下げるようにしよう、と思った。

「——いってきます！」

「わんっ！」

家族に向けて晴れやかに告げると、もう一人の家族を伴って仕事に出掛ける。

ロジオンを思って指輪に口付けたところを、彼によく似た太陽だけが見ていた。

あとがき

新作でお会いできて嬉しいです！　瀬川月菜です。予言によってマッチングされてしまった少女騎士と聖者、そして魔獣と癒やしとごはんのお話、いかがでしたか？　笑顔で甘い言葉を吐くロジオンとたじたじのエルカローズ、二人のやりとりを楽しく書きました。……想像以上に攻めるので書いている私もびっくりしました。

今回参考にしたのはイタリアとその周辺国の料理です。スフォリアテッラやエンガディーナは実際にあるお菓子なので、機会があったら召しあがってみてください。

美しく可憐なイラストは由貴海里先生にいただきました。本当にありがとうございます！　表紙のあまりの素晴らしさに毎日うっとりしています。

良いものを作りましょうと言ってくださる担当様、いつもありがとうございます。

そしてお読みくださった皆様に心より御礼申し上げます。気に入っていただけましたら編集部宛に葉書やお手紙をくださったらとてもとても嬉しいです。

どうか皆様の毎日が楽しく鮮やかに彩られますように。ありがとうございました。

二〇二一年四月　瀬川月菜

IRIS
ICHIJINSHA

聖《せい》なる花婿《はなむこ》の癒《い》やしごはん
愛情《あいじょう》たっぷり解呪《かいじゅ》スープを召《め》しあがれ

2021年5月1日　初版発行

著　者■瀬川月菜
発行者■野内雅宏
発行所■株式会社一迅社
〒160-0022
東京都新宿区新宿3-1-13
京王新宿追分ビル5F
電話03-5312-7432（編集）
電話03-5312-6150（販売）
発売元：株式会社講談社
（講談社・一迅社）

印刷所・製本■大日本印刷株式会社
ＤＴＰ■株式会社三協美術

装　幀■今村奈緒美

ISBN978-4-7580-9364-4

この本を読んでのご意見
ご感想などをお寄せください。

おたよりの宛て先

〒160-0022
東京都新宿区新宿3-1-13
京王新宿追分ビル5F
株式会社一迅社　ノベル編集部
瀬川月菜《せがわつきな》 先生・由貴海里《ゆきかいり》 先生